V O N G Ö T T E R N U N D M E N S C H E N

Eine Erzählung der ewigen Wiederkunft

Göttliche Rückkehr, zärtliche Träume

AUS der unendlichen Nacht erwachten, für sich selbst unbegreiflich, die Götter.

Als Nachfolger der längst untergegangenen Asen residierten sie in *Asgard*, jenem himmlischen Ort, der über die Regenbogenbrücke *Bifröst* eine Verbindung mit *Midgard* schaffte.

In Midgard begannen die ersten Menschen wieder, sich vorsichtig und zaghaft zu versammeln. Seit der verhängnisvollen und furchtbaren Götterdämmerung, genannt *Ragnarök*, welche die Welt in Brand steckte, mieden sie einander, genauso wie sie Götter und Riesen und Wölfe mieden. All jenes, was größer war als sie, konnte sie jederzeit verschlingen; und nicht zuletzt war der Mensch dem Menschen ein Wolf. Das war ihnen Grund genug, in sicherer Einsamkeit und Isolation zu leben.

Mit dem Erwachen der vier Götter Suez, Nido, Nollopa und Roht kam ein Licht zurück in die dunkle Welt. Einige wenige der Menschen empfingen wieder Träume; ach, es vergingen zuvor doch endlose Zeitalter, ohne dass ein einziger Mensch geträumt hatte.

Manch‘ mutiger und starker Träumer fühlte sich berufen, nach Asgard zu ziehen; in ihren Seelen spürten sie, noch zart, aber gewiss, das aufsteigende Licht.

Der überaus starke Roht aber, der ein aufbrausendes Temperament hatte und sonst gerne im Schatten döste und süßen Met genoss, fühlte sich ob der unbekannten Eindringlinge immer dermaßen überrascht und in seiner Ruhe gestört, dass er diese durchgehend verprügelte und mit einem kräftigen Wurf zurück nach Midgard beförderte.

Nur bei einer schönen jungen Frau schwang er seine Faust nicht sofort. Die Ausnahme machte er, weil er wenige Momente zuvor seinen Trieb an einem anderen unglücklichen Träumer abreagiert hatte.

„Wohin des Weges, Weib?“, knurrte er.

„Ich begehre, mit dem Höchsten zu sprechen.“, antwortete sie.

Der Höchste, das war Suez, der Gottvater, der in längst vergangenen Zeitaltern *auch* auf dem Olymp residierte.

Roht kniff seine Augen zusammen.

„Warum sollte ich dir glauben, winzige Kreatur?!“, zischte er drohend, denn er war neidisch auf Suez, auf dessen Größe, die er niemals erreichen konnte, gleich wie viel Zeit vergehen würde: nie Gottvater zu sein, dies war sein Los.

„Ich“, brüllte er folgerichtig, „lasse dich nicht durch!“.

„Ich“, entgegnete sie, „weiß“.

Verblüfft schaute Roht sie an und ballte seine grobschlächtige Faust und es wäre ihm ein leichtes gewesen, ihren Kopf zu zerschmettern, wenn in jenem

Moment nicht Nollopa – von Rohts Gebrüll angezogen – vorbeigekommen wäre.

Nollopa war der Gott der Ordnung, der Sittlichkeit. Scharf tadelnd blickte er seinen Bruder an. Dieser ließ augenblicklich seine Faust sinken; denn war er, Roht, ihm, Nollopa, körperlich bei Weitem überlegen, so verfügte dieser jedoch über einen dermaßen scharfen Sinn, dass er es gar mit Suez aufnehmen konnte. Es war aber nicht in erster Linie der Respekt vor dieser geistigen Fähigkeit, die Roht empfand, hierfür war er wohl zu grob. Ihm flößte mit an Furcht grenzenden Respekt ein, dass es *überhaupt jemand,* wenn auch nur in einem bestimmten Bereich, mit dem Größten aufnehmen konnte.

Nollopa musterte die schöne Frau. Irgendwann und irgendwo, in einer anderen Welt und Zeit, musste er sie bereits getroffen haben. Ihm waren die genauen Umstände aber nicht erinnerlich. Er fragte nach ihrem Begehr.

„Ich führe dich zu ihm“, sagte er.

„Ich weiß“, sagte sie.

Die Seherin

NOLLOPA grübelte, während die junge Frau ihm folgte. Ihm kamen dunkle Visionen von einem Brautraub und einem sich daran anschließenden langen Krieg und einem großen hölzernen Pferd.

Dann standen sie vor einem monumentalen, ganz aus Marmor errichteten Palast, bestehend aus einer Vorhalle, die 125 Meter lang und 55 Meter hoch war; daran schloss sich, gestützt von 90 Säulen, die Cella, der Hauptraum, der eigentliche Götterpalast an. In diesem thronte Suez.

„Du musst deine Augen schließen, wenn du ihn siehst: keinem Sterblichen ist es erlaubt, den Größten zu erblicken“.

„Ich weiß", sprach sie und schloss ihre Augen.

Nollopa, der Gott der Ordnung und Sittlichkeit, klopfte viermal mal vier an das Tor. Er wusste nun, wer diese Frau war.

Sie wurde von einem Bückling empfangen. Er führte sie an der Hand und plötzlich ertönte Suez' markerschütternde Stimme.

Mit fest verschlossenen Augen, durch die aber sein Licht wahrnehmbar war, erzählte sie ihm alles.

Sie sei, gleich den Göttern, dem Großen Nichts entsprungen. Es sei ihr Schicksal, immer und immer wieder als Mensch zu erwachen, auf jeder Welt, gleich von welchen Göttern diese beherrscht werde. Dieses Schicksal, diese ewige Wiederkehr, habe einen bitteren Beigeschmack, weswegen sie nicht nur das schlimmste, sondern das allerschlimmste Schicksal zu durchleben habe: sie könne in die Zukunft schauen, was in ihrem

Fall aber keine Gabe sei, da ihren Prophezeiungen niemals ein Mensch glaube.

Sie sehe Midgards Ende.

„Midgards Ende…?!“, tönte Suez verblüfft, „wir stehen doch erst am… Anfang? –“

„Ich sehe keine Zeit. Doch werden die Menschen einst wieder ihren ewigen Ursprung vergessen.
Sie mögen sich derzeit noch nicht recht über den Weg trauen; doch werden sie diese Scheu überwinden. Sie werden Kommunion feiern, Kultur, Gemeinschaft und Staaten errichten. Sie werden also zunächst ihren wahren Ursprung und damit den Tod überwinden. Sie werden sich, trotz allen Gemeinheiten“ – und hierbei dachte sie, dass die Menschen diese Gemeinheiten vor allem von den Göttern empfingen, was sie aber geflissentlich nicht aussprach – „vom Größerem getragen fühlen. Sie werden Handel treiben und Wohlstand erlangen und lange leben.
Doch irgendwann werden sie dem allen überdrüssig

sein. Sie verlieren die Ehrfurcht, und Schläue wird Weisheit und unzählige Gesetze werden die Vernunft ersetzen. Sie werden sich auf ihre Nacktheit reduzieren; und dort, wo zuvor das Wissen stand, wird Zweifel einkehren.
Ich sehe“, und bei diesen Worten kniff die junge Frau ihre Augen noch mehr zu, „wie Propheten der Angst die Menschen gegeneinander aufbringen. Der Widersacher wird angebetet werden und Spaltung zur Tugend verklärt; die Stärke wird ersetzt durch Schwäche, und kaum einer wird darüber trauern. Das Licht wird von Dunkelheit angegriffen: Viele Menschen verlieren ihre Seele und zerreißen das Band, das den Einen in ihnen und sie im Einen hält. Die Türe wird geschlossen, kein Licht fällt mehr in des Menschen Leben: und wenn sie den kümmerlichen Rest ihrer Identität und ihre letzten Götter verraten haben – dann ist dies die *andere* Ragnarök.“

Bei diesem Wort, *Ragnarök*, erbebte Suez.

Dann sprach sie weiter: „Haltet Ausschau nach den Propheten der Angst! –
Doch sehe ich auch, dass *ein Positives* den Menschen bleibt, ein letzter Lichtstrahl –“

„Was ist es?“, unterbrach Suez sie.

„Ich weiß es nicht“, sagte Kassandra.

An diesem Tag verlor Suez seine göttliche Gelassenheit.

Die Heldentat des eitlen Prothos

DIE Menschen Midgards fassten wieder Vertrauen zueinander, was sie aber nicht davon abhielt, gelegentlich übereinander herzufallen. Sie hausten in Höhlen und organisierten sich in Clans. Sie nahmen, was die Natur ihnen gab; das Fleisch der Hirsche und Schweine verschlangen sie roh.

Aus ihren Reihen erhoben sich vereinzelte Heroen, größere Naturen, die den anderen an Stärke, Mut und Vertrauen überlegen waren.

Einer von ihnen, Prothos genannt, war gar gewitzt genug, im Schutz der Dunkelheit die Brücke Bifröst zu überqueren.
Roht lag entsprechend seiner Gewohnheit am anderen Ende der Brücke; sein Schnarchen – er hatte wohl einige Dutzend Fässer Met getrunken – war ohrenbetäubend; aber dieser Moment nun, da Rohts Bewusstsein jenseits von Gut und Böse verweilte, war die einzige Möglichkeit, Asgard lebendig zu betreten.

Vor dem marmornen Palast – welche das Zentrum der göttlichen Heimstatt markierte – saßen die anderen drei Götter, Suez, Nollopa und Nido. In ihrer Mitte befand sich etwas sich unruhig Bewegendes, etwas Hellrotleuchtendes. Prothos hatte so etwas noch nie gesehen – dieses Etwas war ohne fassbare Form und züngelte durchweg, es erinnerte an reißendes Wasser oder stürmische Wolken. Nido, so beobachtete Prothos, verschwand im Dunkeln; als er im Schein des Mysteriums wieder auftauchte, hing ein toter Eber über seiner Schulter. Nido teilte diesen mit seinen schieren Händen in drei gleichmäßige Stücke; die Götter steckten das Fleisch auf Spieße und hielten diese über das Hellrotleuchtende.

Sie genossen ein Festmahl; neben dem Fleisch kredenzte der Bückling, der bereits Kassandra in den Palast führte, einige Fässer Met. Die drei Götter lachten und brüllten, es war, als ob sie sich gemeinsamen, früheren Zeiten erinnerten. So ausgelassen sie waren, so schnell verstummten sie auch, und als Prothos nicht nur hinter sich – an der Regenbogenbrücke –, sondern auch vor sich, am Hellrotleuchtenden, tiefes Schnarchen hörte, ergriff ihn Kaltblütigkeit und er schritt nach vorne, zum Unbekannten, das umso heißer wurde, desto näher er ihm trat; er nahm einen der am Boden liegenden Spieße und hielt ihn in das sich ständig verändernde heiße

Etwas; und jenes Etwas sprang auf den Spieß über. Behutsam, ängstlich und schließlich euphorisch überquerte er Bifröst.

So kam das Feuer nach Midgard.

Und es wärmte die Menschen, die nun plötzlich warmes Fleisch aßen und neue Werkzeuge entwickelten; sie beteten Prothos für dieses Geschenk geradezu an. Jener hielt sich bedeckt, aus welchem Reich das Feuer stammte: er genoss den Ruhm, *seinen* Ruhm.

Roht aber, dem der plötzliche Aufstieg der Menschen Midgards nicht entgangen war, rächte sich an Prothos, rächte diesen Frevel, diese doppelte Demütigung: aus Asgard etwas gestohlen-, und die Urheberschaft unterschlagen zu haben.
Roht also zog sich Frauenkleider an und verschleierte sein Gesicht, nahm ein Fass Met und schlich nach Midgard. Dort suchte er Prothos und er machte diesem schöne Augen, und bat in schmeichelhaftem Ton darum, ihm seine Wundertaten zu zeigen. Dieser tat, wie

geheißen – wie konnte er dieser charmanten Braut auch widerstehen? –, und entzündete ein großes Lagerfeuer. Sodann gab Roht ihm zu trinken, viel zu trinken, so viel zu trinken, dass Prothos nicht mehr geradeaus gehen konnte: und dann warf Roht ihn kurzerhand ins Feuer und stieß ihn zurück, als er den Flammen entkommen wollte.

So endete Prothos‘ Leben.

Die Symbolik, die sich dahinter verbarg, befriedigte die Götter.

Eine Entwicklung, die in Asgard Kopfzerbrechen verursacht

DIE Menschen Midgards trauerten nur wenige Tage um Prothos, und doch nahmen sie ihn in ihre Gesänge auf. Zu faszinierend und ablenkend waren aber die Möglichkeiten, die das Feuer mit sich brachten. Und sie bauten ihm, dem heißen Etwas, Tempel und Kultstätten, in welchen nur die stärksten und weisesten der Midgarder wohnen durften; und um diese Stätten errichteten sie Dörfer und Städte. Und die Menschen begannen, im Feuer die Eigenschaften der Sonne und in der Sonne jene des Feuers zu entdecken: drum schlossen sie die Sonne in ihre Gebete ein. Sie verneigten sich vor schattenspendenden Bäumen, heiligten die Tiere, die ihnen als Proteinquelle dienten, und opferten dem lebensspendenden Element des Wassers die besten Fässer Met.

Die Götter indes verweilten in Asgard und beobachteten von dort das menschliche Treiben.
Nido, der zur Eifersucht neigte, machte aus dieser Eigenschaft keinen Hehl.

„Seht, wie erbärmlich: Sie unterwerfen sich der Erde!“, sprach er. „Doch wer sind die wahren Herren?“, fragte er rhetorisch, und Roht, dessen geistige Einfachheit diametral zu seiner körperlichen Kraft war, antwortete brüllend: „Wir!“.

Auch Suez und Nollopa wussten, dass diese Entwicklung nicht in ihrem Sinne war. Denn ein Gott ohne ehrfürchtige Gefolgschaft ist ein nutzloser Gott.

Gnothi Seauton

UND so begab es sich, dass die Götter Rat hielten, an dessen Ende der Entschluss stand, nicht mehr nur Asgard mit der eigenen Gegenwart zu beglücken, sondern auch das zu tun, was Götter nun mal so tun: sich den Menschen zeigen.

Mit Ausnahme Prothos‘ und Kassandras wurde bis dahin kein Menschenwesen aller vier Götter ansichtig. Jene Menschen, denen sich die Götter nun zeigten – und sie offenbarten sich zuerst den Tempeldienern und Feuerpriestern – erstarrten vor Ehrfurcht: nie hatten sie etwas dermaßen Starkes, Großes, Ebenmäßiges, Mächtiges gesehen. Egal, welche Fähigkeit der Mensch auch hatte: bei den Göttern schien alles noch verhundertfacht. Sie konnten nicht von dieser Welt sein. Sie mussten aus einem Reich größter Kraft stammen; und die Menschen schienen dennoch winzige Abbildungen dieser Kräfte zu sein – die Menschen als kleiner Ausdruck der Götter also, ähnlich wie ein Wassertropfen Teil des Ozeans ist.

Die Priester und Könige untersagten daher die Anbetung des Feuers und des Wassers und der Hirsche und der Bäume; für die Sonne machten sie eine Ausnahme. Dieser sollte noch zweimal im Jahr, am längsten und am kürzesten Tag, geopfert werden. Es waren sonst aber nur noch die *Großen Vier*, die es wert waren, verehrt zu werden.

Diese hatten Wohlgefallen daran.

An was sie aber keinen Wohlgefallen hatten, war der Umstand, dass sie ihren Ursprung nicht zu ergründen vermochten. Sie waren zwar Götter, zweifellos, doch existierten sie nicht Kraft ihres eigenen Willens. Es musste also eine Kraft geben, die *selbst sie* erschaffen konnte. Wer oder was aber stand über, stand hinter ihnen?

Sie versenkten sich in Stille, um dieses Mysterium zu ergründen; was sie fanden, war aber eben genau dies: eine unendliche und unergründliche Stille. Und da wurde ihnen klar, dass auch sie nur Erscheinungen auf der Leinwand des Lebens waren, stärker als die Kreaturen, schwächer als *der Ursprung*. Sie waren nicht allmächtig, sondern offenbar *ein Teil des Ganzen*, des Einen.

Das kränkte ihre Eitelkeit. Ein wenig.

Von göttlichen Gaben und Interventionen

DIE Menschen Midgards, die Midgarder, verfügten zwar über Feuer und göttlichen Kult und trieben untereinander Handel. Ihre Seelen waren aber dennoch weitgehend wüst geblieben, ihr Geist arm, ihre Herzen leer, ihre Existenz leidenschaftslos.

Dies gefiel den Asgardern nicht – nun, nachdem sie ihre eigenen Limitierungen erkannt hatten, suchten sie nicht nur Ablenkung bei den kleineren Wesen, die die Menschen im Vergleich zu ihnen nun mal waren; sie wollten ihnen gegenüber als das erscheinen, was sie niemals sein konnten: allmächtig.

Nollopa schlug den anderen vor, einige göttliche Gaben einzusammeln, diese in einer Büchse zu versiegeln und den Menschen unter der Bedingung zu schenken, die Büchse niemals zu öffnen: Asgards Eigenschaften überstrahlten die von Midgard um ein Hundertfaches, das Freisetzen dieser göttlichen Gaben würde den Menschen nicht gut bekommen, denn letztlich ist jede Überdosis – auch jene des Guten – giftig.
Was in diesem Falle genau geschehen würde, konnte keiner der Götter prophezeien. Die reine Anwesenheit der so geschützten Gaben würde das Menschengeschlecht aber bereits befruchten und ihm dienen.

Nido und Roht widersprachen. Man brauchte die kleinen Kreaturen nicht zu beschenken: „Gebt den Göttern, was der Götter, den Menschen, was der Menschen ist“ Zumindest bei Roht schwang bei dieser vernünftigen Forderung noch einiges an Groll mit: er hatte Prothos den dreisten Feuerraub nicht verziehen, auch wenn dieser qualvoll verbrannte; und diesen Groll bezog Roht auf ganz Midgard. Nido und er plädierten dafür, intensiver in das Leben der Menschen einzugreifen. Sie beschützen und verlachen. Sie betrügen und speisen, ihnen den Weg zeigen und sie auf Irrfahrten schicken. Sie lieben – von ihnen gefürchtet werden – und sie vernichten. Das war die Vision dieser beiden Götter. Es musste auf jeden Fall unterhaltsam sein. Göttliche Gaben hätten unter Menschen aber nichts verloren.

Suez hörte die Argumente beider Seiten und kaute währenddessen auf seinem wallenden Bart.
Nach langem, schweigsamem Denken entschied er: „Ihr wollt Drama – Ihr bekommt Drama!“

Midgard wurde in vier Reiche aufgeteilt; jedem Gott wurde eines zugewiesen. Suez beanspruchte den Norden; Nollopa den Westen. Roht erhielt den östlichen Teil Midgards, Nido den südlichen. So griffen die jeweiligen Götter fortan in das Leben derjenigen Menschen ein, die in ihren Reichen lebten.

Und Suez vermachte den Menschen auch die verschlossene Büchse mit göttlichen Gaben. Diese wurde im geografischen Mittelpunkt Midgards aufgebahrt, dort, wo alle Reiche miteinander verbunden waren, und wo also kein Gott alleine herrschte: hier herrschten alle. Dieser Punkt, der jenseits von Gut und Böse lag, war ein unscheinbarer Fleck, kein Hochland, kein Gewässer, keine Wüste, kein fruchtbarer Boden. Die Büchse selbst war ebenfalls unprätentiös. Ihre Kraft aber strahlte gleichmäßig auf alle Erdenteile. Keiner der Menschen aber wusste von ihr; und keiner durfte jemals von ihr wissen, das mussten Roht, Nido und Nollopa dem Größten schwören. Denn er traute den Menschen nicht vollkommen.

In der Büchse befanden sich: Selbsterkenntnis und Bewusstheit, Demut und Mut, Intellekt und Hoffnung. Suez war überzeugt davon, dass diese Eigenschaften die von Kassandra angekündigten *Propheten der Angst* in Schach halten würde.

Midgard wächst

DIE vier Reiche entwickelten sich prächtig und bildeten jeweils die Eigenschaften am meisten aus, die für ihre Götter prägend waren.
In Suez‘ Norden war dies Weisheit, in Rohts Osten das Kriegertum. Nidos Süden war geprägt von Forschergeist. Und im Westen, der von Nollopa beherrscht wurde, entwickelte sich eine klare und gerechte Ordnung.

Manchmal kam es zu kleinen Scharmützeln zwischen den Kriegern der verschiedenen Reiche. Die Heroen, aber auch die gewöhnlichen Menschen, die an diesen Kriegen teilnahmen, verloren während der harten Schlachten niemals ihren Sinn und ihr Vertrauen und ihre Loyalität zu ihren Göttern. *Es wurden Gefangene gemacht* und Feinde, die verwundet wurden, wurden gepflegt, ohne dass es hierfür einer bestimmten Abmachung bedurfte. Denn die Menschen hatten nicht vergessen und erkannten in den anderen immer den Ausdruck eines Gottes, auch wenn dies nicht ihr Gott war. Und obwohl sie zwar ein Gespür für ihre Sterblichkeit entwickelten – mit dem Begriff „Tod“ fingen sie nichts an. Sie waren sterbliche Wesen; dem Tod, dem definitiven Ende, anheimfallen, das konnten sie aber nicht, fühlten sie doch den göttlichen Funken in ihrer Brust; und Götter, daran bestand kein Zweifel, lebten für immer.

Und manchmal spielten sich zwischen den Midgardern auch scheinbare Dramen ab, die sich aber immer als Komödien und nie als Tragödien entpuppten.

Es gab keinen Sophokles, dafür einen Molière.

Risse im Paradies

NUN, da die Götter ihre Schöpfung betrachteten, waren sie zufrieden.

Eigentlich.

„Es ist gut", dachte Suez, die über ihn komplementierenden Menschen aus dem Norden betrachtend; „es ist gut", dachte auch Nollopa, als er die sittliche Ordnung des Westens studierte; „es ist gut", so dachte auch der Herrscher des Südens, Nido, die Philosophen, Alchemisten und Mediziner belauschend; „es ist gut", dachte schließlich Roht, „aber es ist auch langweilig. So viel Streben nach oben, zu uns, so viel Geistigkeit, so viel *Evolution*. So wenig Krieg und

Katastrophe und Verderben und Wahnsinn – ja, so wenig *Involution.*". Sein Blick verfinsterte sich. „Die Menschen spielen sich als Götter auf. Manche Heroen sind schon so weit, dass sie es beinahe an Scharfsinn mit Nollopa, an Weisheit mit Suez, an Wahrheitsliebe mit Nido und an Stärke mit mir aufnehmen können."
Dunkle Erinnerungsfetzen zogen an ihm vorbei, er sah furchtbare Kämpfe zwischen Titanen und Göttern, die in einer anderen Welt zu einer anderen Zeit stattfanden. „Sollen wir denn auch so enden?", schrie er – und die Midgarder hielten ob dieses Schreis für einen kurzen Moment inne.

Ein Fest, dessen Ablauf nicht ganz dem Protokoll entspricht

ZUR gleichen Zeit begab es sich, dass die Völker aus dem Osten, die Rohtianer, mit den Nollopanesen – jenen Menschen, die den Westen bewohnten – nach einem 40tägigen Krieg Frieden schlossen.

König Horus aus dem Westen feierte Hochzeit; und da fand er es angemessen, eine Gesandtschaft der Rohtianer zu empfangen – nicht nur als Zeichen des guten, friedlichen Willens; auch wollte er ihnen – ach, der ganzen Welt! – zeigen, wie schön seine Braut Beatrice war.

So segelten die fünfzig größten Krieger und Heroen Rohts die Swigger entlang, den die Welt umspannende Fluss. Begleitet wurden sie von 50 gewöhnlichen Menschen. Darunter war auch Jakob, ein heißblütiger Jüngling, dessen Naturell ganz von Rohts Eigenschaften geprägt war. Vielleicht würde auch er später in heroische Sphären vorstoßen?

Die Hochzeit fand in Nehta statt, der Residenzstadt des westlichen Reiches, und die Feierlichkeiten sollten im Tempel Nollopas steigen.

Die Gesandtschaft Rohts stellte sich gegenüber den gastgebenden Nollopanesen auf, gemeinsam bildeten sie ein Spalier. Jakob, der nicht zu den höchstgewachsenen

Menschen zählte, durfte in der ersten Reihe stehen.
So sah er alles. – Oh Verhängnis!

Als Beatrice mit einem Dutzend Jungfrauen den Saal betrat, um den Weg zu dem hochthronenden, glücklichen und stolzen Horus anzutreten, verstummten die Anwesenden. Kaum jemand hatte je eine solche Schönheit erschaut. Ihrer Sittlichkeit bewusst, schauten jedoch alle Gäste streng gerade aus, als Beatrice und ihre Jungfrauen das Spalier durchschritten.

Nur einer verfügte noch nicht über diese Selbstbeherrschung.
Jakob blickte sie freudestrahlend und verliebt an.
Beatrice – überrascht von diesem forschen Gesicht – blickte zurück; ihre Augen trafen sich; sie errötete. Und für den Bruchteil einer Sekunde lächelte sie. Und den ganzen Abend über lächelte sie weder während der Zeremonie, noch auf dem Fest erneut; ihr Gesichtszüge waren hart, ihre Mimik kühl. Denn für sie war dies keine Liebeshochzeit. Sie wusste, dass sie fortan ein Leben als

Gebärmaschine fristen musste. Sie würde Kinder gebären von einem Mann, den sie nicht liebte, für einen Mann, der nur an seinen dynastischen Machterhalt dachte.

Sie verließ, tugendhaft wie sie war, um Mitternacht das Fest.

Jakob, der sie nur dann aus den Augen gelassen hatte, um seinen Metbecher nachzufüllen, schlich ihr nach. – Er war nicht mehr Herr seiner Sinne; und dies lag nicht nur am Metgenuss.
Roht hatte Jakobs Herzen den stärksten Wunsch eingepflanzt, den es für einen Menschen gab; ein Wunsch, der von der Brust bis in die Lendengegend ausstrahlt. Ein Wunsch, der von keiner Macht zu bändigen war. Und Roht wusste, was geschehen würde; nur das Kommende, Schreckliche hatte er im Visier.

Leise öffnete Jakob die Türe zu ihrem Gemach.

Er liebte sie aus seinem tiefsten Wesen. Sie liebte ihn nicht, fand ihn dafür recht hübsch. Doch war er vor allem ein Versprechen, zumindest die Möglichkeit, Nollopa zu verlassen und irgendwo unterzutauchen, diesem öden Verhängnis zu entgehen.

„Nimmst du mich mit?“, fragte Beatrice ungeniert und ließ die Träger ihres Kleides fallen.

„Ich nehme dich mit!“, antwortete Jakob.

Und dann nahm er sie. Und nahm sie im Schutz der Dunkelheit mit auf ein Schiff der Rohtianer.

Er versteckte sie in einem leeren Fass und schlich zurück auf das Fest.

In den Morgenstunden, nachdem die Rohtianer ihren Rausch ausgeschlafen hatten – und diese bedurften dank ihres kriegerischen Naturells wesentlich weniger Erholung als die feinsinnigen Nollopanesen –, segelten sie zurück gen Osten.

Endlich! Eine Tragödie!

EINIGE Heroen mussten sich schützend um Jakob stellen, als die Rohtianer in Rohtian, ihrer Hauptstadt, erkannten was geschehen war.

„Wie sollen wir König Horus erklären“, brüllte Rohts König Seth, „dass seine wunderschöne Braut in einem unserer schäbigen Fässer erstickt ist?! Am liebsten würde ich dir den Kopf abschlagen“ – diese Worte waren an Jakob adressiert – „oder dich ausliefern, du dummer Hund. Aber das verbietet mir die Ehre.“
Seth sinnierte über das weitere Vorgehen und Roht soufflierte ihm das weitere Vorgehen: „Baut die Festungen aus!“, befahl er, „mobilisiert das Reich und haltet den Feind, der gestern noch unser Freund war, von Rohtian weg. Ach, die Schande ist viel zu groß“, sagte er kopfschüttelnd, „*wir können nicht verhandeln; wir wollen schweigen*. Diesen Krieg nun müssen wir durchstehen. Opfert Roht unseren schönsten Stier und

unseren besten Met. Und werft diesen Nichtsnutz in das Verlies!“

Und Roht lächelte –

Auf der anderen Seite verkrampfte König Horus‘ Herz. Beatrice hatte ihn verlassen, war gegangen – war durchgebrannt, daran gab es keinen Zweifel, nachdem eine Jungfrau aus ihrem Gefolge bezeugte, dass sie Beatrice und einen Jüngling sah, wie diese gemeinsam auf ein Schiff der Gäste schlichen.

König Horus mobilisierte sein Heer. Der sich abzeichnende Feldzug machte Kunde in Nord und Süd. Auch hier waren die Herrschenden empört ob dieser dreisten Verletzung des Gastrechts durch die Rohtianer. Und der Tenor war: wenn wir ihnen dies durchgehen lassen, werden sie immer wieder weitere rote Linien überschreiten.

So verbündeten sich die südliche und die nördliche Welt mit der westlichen.

Deren Götter waren zwiegespalten.
Insgeheim empfanden sie zwar Sympathie für den Brautraub, denn auch sie fühlten intuitiv, trotz aller Wohlgesinnung, dass das Menschengeschlecht ihnen immer näherkam, weswegen ein Krieg, bei dem die Menschen doch wieder mehr geerdet wurden, eine willkommene Zäsur war.
Dass aber je ein Gott in das Reich eines anderen Gottes eingriff, war bis dato nicht geschehen: der Kosmos kam ins Stolpern. Es musste eine harte Reaktion geben, um die Ordnung wieder herzustellen!

Im Osten nichts Neues

ALLE Helden und Krieger, alle Magier und Priester, alle gewöhnlichen Männer und Frauen und Kinder spürten, dass es dieses Mal anders kommen würde. Sie konnten es nicht ausdrücken; doch ihre Seelen waren auf eine merkwürdige Art leidenschaftlicher und erregter als vor anderen Kriegen. Die Liebe, die geschmähte und heiße:

dieser augenscheinliche Kriegsgrund weckte Seiten an den Midgardern, die sie nicht kannten. Es war der blanke Hass, der hässliche Bruder der schönen Liebe.

Die besten Helden warfen sich in das Kampfgetümmel. Alle kämpften für Beatrice, die längst tot war, was aber kaum jemand wusste. *Gefangene wurden keine gemacht.* Und feindliche Verwundete wurden auf dem Feld ihrem qualvollen Ende überlassen.
Jahrelang zog sich das Schlachten hin und jedes Reich hatte unzählige Opfer zu beklagen, es fielen die mutigsten und besten Männer aller Ländereien. Das blutrünstige Ringen der vier Mächte Asgards schien zu einer Pattsituation zu verkommen: die Krieger Rohts waren zwar in klarer Unterzahl, Rohts Reich war jedoch ein Reich von Kriegern, deren Kampfeswille, Opferbereitschaft und Zähigkeit die personelle Unterlegenheit kompensierte. Die Armeen Rohts hielten jene der Invasoren auf Abstand, die Kämpfe fanden vor der geschützten Königresidenz Rohtian statt.

Zwei Brüder. Eine Türe

IM Umland Rohtians aber, jenseits der ausgebauten Stadtmauern, unternahmen feindliche Kämpfer regelmäßig Raubzüge gegen Dörfer, sofern sich kleine Lücken in den Abwehrreihen der Rohtianer auftaten. Sie taten dann das, was Feinde aller Zeiten taten: Männer im wehrfähigen Alter wurden enthauptet, Frauen im gebärfähigen Alter vergewaltigt und, je nach Laune des Räubers, entweder getötet oder als Beute verschleppt. Manch‘ Kämpfer konnte sich dadurch einen privaten Harem einrichten. Kinder indes wurden fast ausnahmslos von den Eindringlingen mitgenommen. Ihnen konnte noch, auch wenn dabei Zwang angewendet werden musste, ihre kollektive Identität genommen werden; meist schworen sie ihrem Glauben ab, sie verfluchten den Namen Rohts, konvertierten je nach den Umständen zu Suez, Nido oder Nollopa und hassten ihre Eltern: sie wurden vorbildliche Fanatiker, die danach lechzten, die Fahne ihres neuen und wahren Gottes durch die Welt zu tragen und Beatrices niederträchtigen

Raub, bzw. Verrat zu rächen. Die männlichen Krieger wurden als *Legionäre* bezeichnet.

In Rohtian hatte Helena ihrem Gatten, Konstantin, zwei Zwillinge geboren, und sie tauften den jüngeren auf den Namen Adonis, denn er war schön und zierlich; und dem wenige Minuten älteren Bruder gaben sie den Namen Achilleas. Er war ein kräftiges Kind. Die Eltern besuchten, als ihre Söhne fähig zum Reisen waren, ihre Verwandten, welche auf einem westlich von Rohtian gelegenen Hof wohnten. Mit einem großen Fest wurde der Nachwuchs begrüßt, süßer Met floss in rauen Mengen, köstliches Lammfleisch serviert, zum Nachtisch Honigspeisen gereicht.
Die Gesellschaft war vergnügt; in Kriegszeiten musste man Feste feiern, wie sie fielen.
Die jüngeren Männer, welche nach etwaigen Angreifern Ausschau halten sollten, schauten lieber in ihren Metbecher. Niemand nahm so den Staub wahr, der von den Pferden aufgewirbelt wurde. Erst als die berittenen

Nollopanesen wenige hundert Meter entfernt waren, wurde der kleine Achilleas ihnen gewahr, er schrie und imitierte Pferdegeräusche. – Und sie rannten und torkelten zu den westlichen Toren, doch es war zu spät.

„Wir müssen weg hier!“, schrie Konstantin zu seiner Geliebten, „nimm du Adonis!“.
Das Chaos war furchtbar, die Säbel der Angreifer verrichteten ihr grausames Werk, Geschrei, Blut, Lärm. Helena schnappte sich ihren jüngsten Sohn. Wo war Achilleas? Sie konnte nur Konstantin sehen, welcher ihr den Rücken zuwandte. Er drehte sich noch einmal um: „macht das ihr zwei wegkommt! Ich suche Achilleas!“, schrie er verzweifelt, „Achilleas!? Achilleas?!“ – er rannte in das Getümmel, dort wo sich Rohtianer und Nollopanesen die Schädel einschlugen. Ein Nollopanese ritt grinsend auf Helena zu; das war die perfekte Beute für ihn. Da gab sie ihrem Pegasus die Sporen und ritt, verzweifelt bloß mit ihrem jüngsten Sohn, hinfort Richtung Osten. Der Angreifer war zunächst hartnäckig;

er unterschätzte jedoch ihre Reitkünste und als endlich die Stadtmauern Rohtians auftauchten, machte er kehrt, nicht ohne Helena eine Verwünschung nachzurufen.

Konstantin indes traf das Schicksal sämtlicher Männer, welche auf dem Fest zugegen waren.

Den anderthalbjährigen, schreienden Achilleas verschleppten die Eindringlinge, gemeinsam mit den anderen Kindern.

Die Jahre zogen dahin.

Auf kleine Gebietsgewinne folgten kleine Gebietsverluste. Dörfer wurden überfallen und zurückerobert. Die Kriegsparteien wurden nicht müde.

Achilleas indes genoss eine ausgezeichnete Ausbildung in Geometrie, Astrologie, Algebra, Bogenschießen und Schwertkampf. Er las die Werke großer Philosophen, Ärzte, Alchemisten und Krieger. Mit fünf Jahren beherrschte er die Sprache der Nollopanesen fließend. Er bekam eine Ahnung, was es bedeutete, ein Kulturbürger

Nollopas zu sein. Im jüngsten Mannesalter wurde er vom Orden der Legionäre aufgenommen, denn seine Neigung war, trotz aller Affinität zur Wissenschaft, *der Krieg*. Er nahm einen neuen Namen an, Nerino hieß er fortan, „der Krieger". – Und für nichts anderes zirkulierte sein Blut als Rohtian und das ganze niederträchtige und unzivilisierte Ostreich zu erobern.

Hinter den Stadtmauern Rohtian trauerte Helena jeden Tag. Natürlich hatte sie keinen Beweis dafür, doch sie wusste, dass sie Witwe war und ihres ältesten Sohnes beraubt, auf immer; denn mit jedem Tag würde das natürliche Band zwischen Achilleas und ihr schwächer – nicht wegen ihr, und würde sie ihn erst in dreißig Jahren wieder sehen, ihre Liebe wäre nicht geschmälert. Doch die Nollopanesen würden dafür sorgen, dass er sie vergisst, dass er seine Wurzeln vergisst, dass er die Grausamkeiten vergisst, welche ihm angetan wurden.

Adonis ging den entgegengesetzten Weg seines Bruders. Dem Kriegerischen konnte er nichts abgewinnen, ebenso

wenig dem allzu Praktischen; die Wissenschaften sprachen ihn an, doch war deren Ausübung zu jener Zeit in jener Kultur nur schwer möglich; die Rohtianer waren nie bekannt dafür, große Forscher zu sein – dies galt umso mehr in Kriegszeiten. Nun also stand einzig im Vordergrund, ein schlagkräftiger Patriot zu sein. Das war nichts für zarte Wesen und diese gab es in Roht wenige; und so emigrierte Adonis „nach innen“: er wurde ein heimlicher Poet und seine kreativen Kräfte entwickelten sich dadurch in tiefe Dimensionen.
Wie jede Einseitigkeit forderte diese Entwicklung ihren Tribut: seine praktischen Fähigkeiten verkümmerten, er lebte in geistigen Bildern und übersah das Konkrete oft. Ist *so jemand* für den Krieg geeignet?

Nun brach das zweite Kriegsjahrzehnt an. Nach all‘ diesen blutigen Jahren war das Reich Rohts ausgezehrt. König Seth ließ jedoch verkünden, dass es keine Verhandlung geben werde, die Scham, sie war immer noch zu groß.

Das Momentum war nun jedenfalls günstig und die nördlichen, westlichen und südlichen Armeen bereiteten einen finalen Großangriff vor. Die Feldherren wussten, dass ein Sieg ihnen Unsterblichkeit verleihen würde. Man würde den gemeinen Rohtianern Königin Beatrice entreißen und dem gehörnten König Horus zurückbringen, der sie umbringen würde. Und über Rohtian würde nie wieder das Banner des Gottes Roths wehen, sondern jene Symbole der anderen, wahren Götter thronen.

Diese Vision trieb die angreifenden Heere, zehntausende Männer zogen los; die Speerspitze bildeten die Nollopanesen und aus ihren Reihen wiederum die Legionäre, jene ehemaligen Rohtianer, die nun Nollopa und König Horus dienten, und ihr Leben dafür geben würden, Gerechtigkeit walten zu lassen. In ihren Reihen ritt der 25jährige Nerino, der Sohn Helenas und Konstantins. Dunkle Erinnerungen steigen in ihm hoch, als er der Stadtmauern Rohtians gewahr wurde; seine

Herkunft war ihm nicht mehr erinnerlich, doch wusste er, was das Schicksal eines Legionärs war. Sein Herz pochte vor Freude und Kampfeslust.

Die westlich vor Rohtian gelegenen Verteidigungsringe wurden überrannt, Armeen eingekesselt und vernichtend geschlagen. Die Generäle und König Seth wurden von dieser Offensive auf dem falschen Fuß erwischt; sie hatten sich so sehr an den Kriegszustand gewöhnt, dass ihre Scharfsinnigkeit müde geworden war. Dass sich jemals wirklich etwas dauerhaft an dem Frontverlauf ändern würde, war nach diesen langen Jahren unvorstellbar geworden.

Die Angreifer rückten direkt auf die Königsstadt vor. Alle nichtkämpfenden männlichen Bewohner Rohtians wurden zu den Waffen gerufen, sofern sie im wehrfähigen Alter zwischen 14 und 60 Jahren waren; diese Unerfahrenen mussten nun gemeinsam mit dem dezimierten und in die Stadt geflohenen Rest der Armee das Ostreich verteidigen, dessen sowohl letzter

Vorposten als auch Prunkstück Rohtian war – würde diese Kapitale fallen, wäre das ganze Reich verloren.

Die Unterstützung aus den östlichen Vasallenstaaten fiel mager aus. In Anbetracht der Geschwindigkeit, mit der die angreifenden Armeen auf Rohtian zumarschierten, konnten viele Hilferufe nicht mehr abgesetzt werden. So sahen sich einige tausend Rohtianer einer sechsstelligen Zahl Angreifern gegenüber.

Adonis wurde in der Kunst des Schwertkampfes unterwiesen. Er war zu zaghaft. „Schlag zu!“, brüllte ihn sein Ausbilder an; doch er stach nur halbherzig in seine Richtung. Man schickte ihn zu den Bogenschützen. Er stellte sich ungeschickt an und überspannt oder unterspannte den Bogen; die Bogensehne riss, der Pfeil flog lasch und er flog nur wenige Fuß weit. Der Ausbilder riss sich Haarbüschel aus und ohrfeigte ihn kräftig. Er schüttelte den Kopf, als er Adonis ängstlichen und zugleich verträumten Blick auffing. Mit solchen Kerlen sollte man die Stadt verteidigen?!

„Kannst du wenigstens“, schrie er, „Tore abschließen?“. Er schritt mit Adonis die innere Stadtmauer ab und zeigte ihm Tor für Tor. – Oh Verhängnis: Tore hatten für Adonis immer etwas mystisches, sie waren ein Zeichen immanenter Transzendenz; je mehr Tore sie abschreiten, desto verträumter wurde Adonis, in seinem Kopf entstand ein Gedicht.

Vor der Kerkaporta, einer kleinen Türe, blieben sie stehen.
„Diese Türe“, sprach sein Ausbilder, „ist nicht minder wichtig als irgendeines der großen Stadttore. Kaum einer weiß von ihrer Existenz. Doch sie führt direkt in die Stadt. Wir brauchen sie und wir lassen sie so lange wie möglich offen, falls versprengte Rohtianer bei uns Schutz suchen. Dann werden wir sie durch diese Türe reinlassen. Verstehst du? Diese Türe musst du also zuletzt verschließen. Wenn wir diese Türe nicht abschließen, werden die Nollopanesen und das andere Pack einfach in unsere Stadt spazieren!“.

Adonis nickte lächelnd, verzaubert. An jenem Abend verfasste er die ersten Strophen eines Hymnus.

Und als sich der Belagerungsring um Rohtian schloss, feilte Adonis in den Nachtstunden an seiner Lyrik, während er tagsüber auf den Stadtmauern stand und die gespenstische Szenerie beobachtete.
Nachdem die Belagerung beinahe zwei Monate lang gedauert hatte, in welchen es bis auf einige kleine Gefechte keine erwähnenswerten Kämpfe gab, ordnete König Horus endlich den Sturmangriff an. Es war eines kultivierten Nollopanesen unwürdig, unentschlossen zu verharren, anstatt das Ziel kompromisslos anzugreifen. Sollten die eigenen Opfer noch so hoch sein, es war Zeit für die Entscheidung.
Des Nachts ertönten aus tausenden Kehlen die Glaubensbekenntnisse Suez‘, Nollopas und Nidos; und auch die Rohtianer opferten Mal ihrem Gott die kümmerlichen Reste an Met und Jungfrauen. Ein letztes Mal tauchte Roht in ihrer Mitte auf, der ausgezehrte

Kriegsgott lechzte nach Blut.
Es war ein Rausch: ekstatisch und zitternd zugleich tanzte die Menge um ihn herum.
Und Adonis, der an diesem Spektakel teilnahm, spürte, dass er nun die letzte Inspiration gewonnen hatte, um sein lyrisches Werk zu vollenden. Doch musste er zunächst seiner profanen Verpflichtung nachkommen. Ihm wurden die Schlüssel sämtlicher Tore und Türen in die Hand gedrückt.

Und dann begann es.

Zwischen Kanonendonner und Pfeilhagel ritt Nerino mit seinen Kameraden auf die Mauer zu, die wendigen Legionäre ritten Tor für Tor ab. Angriffswelle folgte auf Angriffswelle, Leitern wurden aufgestellt, manche Krieger erklommen die Mauer – und wurden von den Verteidigern sofort ins Jenseits befördert. Die Verluste waren beträchtlich, die Erfolge überschaubar – einige kleine Löcher in den Mauern wurden seitens der Rohtianern sofort notbehelfsmäßig verschlossen; keines der Löcher bot ausreichend Platz, dass dadurch auch nur ein Angreifer in die Stadt dringen konnte.

„Rückzug!“, schrie der Kommandeur, und als er Nerinos hasserfüllte und fanatische Miene erblickte, fügte er – beinahe entschuldigend – hinzu, dass man sich neuformieren müsste.
Doch Nerino sträubte sich; er meinte sich dunkel zu erinnern, eine profane Türe in der Stadtmauer erblickt zu haben. Dies hielt er aber zunächst für eine Schimäre, vielleicht war es dem Adrenalin geschuldet, dass sein Blick nicht klar war, vielleicht war es auch Schweiß, der ihm in die Augen tropfte und ihm dieses Bild einer *ganz normalen* Türe in der Festungsmauer einer der vier Welthauptstädte suggerierte. Doch er wollte sich nicht, noch nicht, zurückziehen, ehe er diese Option nicht überprüft hatte.

Adonis verschloss das letzte Tor, dem Größten sei Dank, dachte er, denn auch an seinem zarten geistigen Gemüt ging der Angriff nicht spurlos vorbei.

Doch irgendetwas machte ihn stutzig… da erinnerte er sich. Es waren ja nicht nur die Tore, die er zu verschließen hatte – er rannte los, mit aufgerissenen Augen stürzte er zur Kerkaporta, jener Türe, die er nicht vergessen durfte, und er hörte schon fremdsprachige Wörter aus einer einzigen Kehle, deren Klang ihm merkwürdig vertraut war.
Sie waren so nahe! Er warf sich auf die Türe, doch in jenem Moment trat der kräftige Nerino sie ein und betrat als erster Angreifer Rohtian. Triumphierend entfuhr ihm ein Urschrei. Seine Kameraden folgten ihm sogleich. Im Schein seiner Fackel erblickte er die Augen des auf dem Boden liegenden Adonis'…

Und auch Roht kämpfte gegen die anderen Götter.
Als er des Falles Rohtians gewahr wurde, ließ seine Spannung nach und er fühlte eine unendliche Erschöpfung; und gleichzeitig war es Suez, der größte der Götter, der diesen Kriegsverlauf als Beweis seiner Ur-Kraft ansah. Und eines Tages, nach mehr als einem

Vierteljahrhundert Krieg, ertönte ein befreiender Schrei, der ganz Midgard erzittern ließ: Suez rang Roht endlich nieder und rammte ihn in Rohtians Boden, rammte ihn in die Mitte der Erde, dort, wo Luzifer hauste, und schleuderte Jakob, den lüsternen Verräter, hinterher, und jener fiel in dessen Maul.

Mit Rohts Fall ging das übrige Ostreich unter.

König Seth wurde von König Horus, nach dem ihm dieser unter Folterqualen von Beatrices Ende erzählt hatte, in ein Essigfass gesteckt, das niemals mehr geöffnet wurde.

Laërtes Abenteuer, in knappen Worten erzählt

DIE Krieger machten sich auf den Heimweg, trotz des Sieges desillusioniert und leer. Waren sie auch äußerlich nicht gefallen, so war es doch um ihr Seelenheil geschehen.

Laërtes, ein Fürst aus Nidos Landen, begab sich mit seinen Helden auf den langen Heimweg. Doch ohne ihren inneren Kompass, den sie auf dem Schlachtfeld verloren hatten, fanden sie nicht zurück – und sie wollten auch nicht zurückfinden. Noch nicht wieder vom Forschergeist des südlichen Reiches durchdrungen, trieben sie ziellos umher. Auf ihrer Abenteuerfahrt kämpften sie mit Riesen und Drachen, Hexen und Dämonen, und Laërtes‘ Anhänger wurden dezimiert, und irgendwann stand er alleine.

Wo war er hier, mitten im Nirgendwo, jenseits von Gut und Böse? –

Laërtes erster Gesang

AUFGERISSENE Augen. Den Blick streng nach innen,
Bilder und Seelenregungen, Andeutungen
Erinnerungen an Eden –
Doch den roten Faden längst verloren.

Ich habe mich verlaufen

Auf der Suche nach dem unbekannten Ziel.

Den Minotaurus wird's freuen.

Ich kann nicht aufhören zu suchen –

Drum darf ich nicht finden.

Unterwegs, im Labyrinth, treffe ich vom Wahn Geschlagene

Wir grüßen uns, verzweifelnd lächelnd –

Weiß er's?, aber nein:

Keiner weiß es. Und doch hört es nie auf:

Was suche ich nur?

Kassandra. Oder: wie entkommt man seinem Schicksal?

KASSANDRA erwachte aus einem *unguten* Traum. Sie wusste, was sie zu tun hatte: sie überquerte Bifröst – jene Regenbogenbrücke, die das menschliche Midgard mit dem göttlichen Asgard verband – und wurde im Palast vorstellig.

Sie kannte ihren ewigen Fluch.

Drum erzählte sie Suez alles – doch falschherum. Es durfte *gerade nicht* geschehen:

„Laërtes steht am Mittelpunkt der Erde, dort, wo alle Reiche sich treffen. Er muss die göttliche Büchse finden, die Ihr dort einst aufgebahrt hattet. Er muss sie öffnen. Die Eigenschaften müssen entweichen. Macht ihm Mut, es zu tun! Zeigt ihm den Standort der Büchse!“.

Sie unterschätzte aber Suez` Weisheit, dem Kassandras Fluch bekannt war. Er wusste, dass niemand ihr jemals Glauben schenken würde, obwohl sie immer die Wahrheit prophezeite. – Drum glaubte er ihr. Und leistete ihrem Appell Folge. –

Laërtes, der in diesem Ödland nichts anzufangen wusste, beschloss, weiterzuziehen, gen Norden. Da sandte Suez einen prächtigen Adler und einen massigen Ochsen, der

Adler flog knapp an Laërtes‘ Kopf vorbei und der Ochse passierte ihn ohne jede Scheu; beide steuerten stoisch einen vermeintlichen Hügel an. Laërtes Forschergeist war geweckt: was hatten Adler und Ochse in dieser verlassenen Umgebung zu suchen? Drum näherte er sich beiden. Und als er vor dem Hügel stand, verschwanden sie plötzlich. Perplex schaute er drein – und erkannte ein ovales Objekt, das sich bei näherem Hinsehen als eine faustgroße Büchse entpuppte.

Er fingerte an ihr herum. Schließlich gelang es ihm, sie zu öffnen.
Ein kräftiger Sturm entwich und warf Laërtes beinahe zu Boden. Perplex und mit viel Mühe verschloss er die kleine Büchse wieder.

Doch da waren schon fünf Eigenschaften entwichen; nur eine blieb zurück.

Asgards Zittern

SUEZ, Nido und Nollopa trauten ihren Augen nicht: *Es war geschehen.*

Können Götter ein Gefühl wie Furcht empfinden?

In jenem Moment kamen sie dem zumindest sehr nahe.

Doch die Menschheit wurde nicht göttlich; Ragnarök trat nicht ein.

Noch nicht.

Theodizee

SIE klagten und sie weinten.
So viele Söhne waren gefallen; so viele Töchter geschändet; so viele Menschen um ihr Potential gebracht. Die Bibliothek Rohtians, welche die größten Abhandlungen über Kriegsführung und die Biografien der größten Krieger beheimatete, wurde in Schutt und Asche gelegt, von Kriegern Nollopas – die von sich

beanspruchten, *die Kultur* zu verteidigen –; und jenes Wissen ward verloren für immer. Kinder hungerten, überall. Und in jedem entlegensten Zipfel der Erde sprachen die Menschen von nichts anderem, als von diesem Krieg, der als *Feldzug der Gerechtigkeit* in die Geschichte einging. – Aber ging es letztlich nicht nur um Rache? Auch hierüber sinnierten die Midgarder. Und sie sinnierten weiter und hinterfragten vorsichtig die Rolle der Götter; und selbst dies nur zaghaft.

Aber sie taten *es*.

Auch Laërtes, durch dessen Hand viele Rohtianer grausam gefallen waren, über was er nun selbst erschrocken war, stellte sich die Frage, ob das, was geschehen war, wirklich unvermeidlich war. Hatte er, hatte Midgard eine Wahl gehabt? Waren sie alle nur Marionetten allmächtiger Götter? Wie konnten sie zulassen, dass Menschen sich gegenseitig abschlachteten und abgründigste Verfehlungen begangen, obschon doch jeder Einzelne Gesandter eines Gottes war?

Wo blieb *deren* Treue?

Er blickte nach oben, gen Asgard. Er erinnerte sich der Heldenlieder, die Prothos, dem Feuerräuber, geweiht waren.

„Nein“, dachte er, „Ihr liebt uns nicht“. Er schüttelte den Kopf. „Was vor und hinter den Toren Rohtians geschah“, dachte er widerwärtig, „war ein einziger Brudermord, das Werk des Bösen und die völlige Abwesenheit von Licht. Mögt ihr auch allmächtig sein – und haben wir Menschen unsere Grenzen zu erkennen –: wir müssen *auch* uns lieben und uns gegenüber *euch* behaupten“.

Und er dachte nochmal an Prothos, diesen tollkühnen Heroen, und da wusste Laërtes, dass er, Prothos, der den Göttern das Feuer gestohlen hatte und es der Menschheit schenkte, *der erste wahre Mensch* war, der *erkannte*.

„Ecce homo!“, schrie Laërtes und ballte seine Faust nach oben, gen Asgard.

Laërtes zweiter Gesang

WIE viel Licht vermag dein Auge je zu fassen
Ab wann wird dein Blick sich senken
Bis zu welchem Ende kannst du denken
Von welcher Erkenntnis musst du lassen? –

Die Sonne gestattet nur kurz, sie zu schauen:
Sie tut es aus Liebe zu ihren Geschöpfen
Niemals erfassen wir das Absolute mit unseren Köpfen
Ein Jeder ein Mosaikteil des Einen –

Die Schlange und der Baum hindern uns, das Ganze zu schmecken
Sie geben uns nur Andeutungen und erwecken
Unseren Geist. Gleich wie wir kämpfen, denken und flehen
Erkennen können wir nur die Dinge, die uns zustehen –

Zu Göttern zu werden: unser großes Ziel, hieran werden wir scheitern

Das Licht wird uns zu Asche verbrennen, ungeachtet dessen

Lasset uns unseren erkennenden Blick erweitern

Schreiten wir zur letzten Grenze, verlieren wir das Kräftemessen –

Mit fröhlichem Herzen, im beflügelnden und unbestechlichen Wissen,

Wahre Menschen geworden zu sein, werden wir nicht reuen, nichts vermissen

Wir mussten, durften und wollten den Becher zur Neige leeren

Es gibt darüber hinaus nichts: wir können die Schöpfung nicht mehr ehren.

Das Goldene Zeitalter

UND als die Swigger, dieser niemals zu enden

scheinende Fluss, an dem Rohtian lag, das Blut der

Gefallenen weggespült hatte, erhob sich das Geschlecht der Menschen, doch nicht gegen die Götter, sondern *zu seiner eigenen Größe* – und zu dieser gehörte nun mal das Ringen mit den höheren Kräften, die Selbstbehauptung in der Welt, im Wissen, keinen Platz einnehmen zu dürfen, der ihm nicht zustand. Aber genauso wussten die Midgarder: sie waren nicht nur willenlose Spielzeuge der Götter. *Sie hatten ihren Platz*, irgendwo zwischen Vorsehung und freiem Willen.

Die Midgarder erforschten nun die Natur und die ihr zugrundeliegenden Gesetze; sie schauten nach oben, zu den Sternen, und nach unten, zu den Würmern.

Wilde Tiere wurden eingesperrt und mittels Futtergabe zu bestimmten Verhaltensweisen animiert; so unterwarfen sie einen Teil der Tierwelt.

Das ehemalige Reich Rohts, das nun menschen- und götterverlassen da lag, wurde von den Siegermächten bevölkert.

Dass nun in Midgard diese große Zeit anbrach, war nicht nur Folge des „Feldzugs der Gerechtigkeit"; es war noch mehr Laërtes‘ Tat geschuldet: denn als er die göttliche Büchse öffnete, entwichen die göttlichen Gaben Asgards: Selbsterkenntnis und Bewusstheit, Mut, Intellekt und Demut.

Unter Laërtes‘ Ägide entwickelte sich die „Schule des Prothos“, benannt nach dem „ersten wahren Menschen“ (so stand es in der Werbebroschüre dieser Vereinigung), und um ihn herum sammelten sich die größten Heroen, und sie taten das, was sie tun mussten: sie dienten dem Menschheitsgeschlecht, indem sie die Götter verfluchten und ehrten, mit anderen Worten: indem sie Oben und Unten zeigten, wo die Grenzen der beiden Reiche, Asgard und Midgard, verliefen. Sie waren die Hüter des Göttlichen im Menschen, das sie zu mehren suchten. Und sie waren ebenso die Beschützer Asgards vor menschlicher Anmaßung.

Und was machten die Götter? – Sie intrigierten und segneten, sie halfen und raubten, kurz: sie machten mit.

Es war dies der perfekte Schnitt der Wirklichkeit: das Goldene Zeitalter.

Why do all good things come to an end?

ALLES hat seine Zeit; und in dieser wandeln sich die Dinge. Das Entwichene, das für den Menschen anfangs zu stark ist, benötigt Jahrhunderte, um zur vollen Entfaltung zu kommen. Die Stärkung des einen, geht über die Schwächung des anderen. Und auf jeden Höhepunkt folgt der Niedergang, wobei diesem bereits der Aufschwung inhärent ist.

Doch der Reihe nach.

Die Wissensstätten Midgards, die maßgeblich unter Nollopas Einfluss standen, erforschten zunächst zwei entgegengesetzte Richtungen, „Oben und Unten“, Himmel und Erde. Und als sie einige Gesetze erkannten, die ihnen ewig schienen, und also dachten, alles Äußere zu durchschauen, richtete sich der Fokus ihrer

Wissenschaft auf sich selbst, auf den Menschen. Das Erkunden des Transzendenten war fortan die Aufgabe nur noch der Priester und Heroen.

Was ist der Mensch, fragten sie, und sie fragten *nicht* nach dem Ursprung oder dem Ziel, und sie fragten auch: was vermag der Mensch zu tun? – Und sie führten gescheite Experimente durch, die bewiesen, dass der Einzelne frei entscheiden konnte, was er tun wollte; auf dieser Erkenntnis baute das sich sodann etablierende Gerichtswesen auf.

Noch gewichtiger war aber eine weitere Schlussfolgerung: wenn der Einzelne tun und lassen konnte, was immer er wollte – *dann waren die Götter nicht allmächtig*.

Für Laërtes und Seinesgleichen war diese Konklusion nicht der Rede wert: gerade sie wussten um die Stellung der Menschen, Göttern gleich und Schweinen ähnlich. Ein anderer Standpunkt war es aber, der ihren Protest auf den Plan rief: einige der intellektuellsten Köpfe

stellten die Existenz der Götter in Frage. Kein Sterblicher habe sie je gesehen; es gäbe auch sonst keinerlei Beweise, man könne sie weder hören, riechen oder schmecken, noch sehen und fühlen; hinter Bifröst, der Regenbogenbrücke, müsse sich schließlich *nichts* befinden, zumindest aber keine nichtexistierenden göttlichen Wesen.
Und wenn es sie – entgegen jeder Erwartung – doch gäbe, so hätten sie in Anbetracht der Übel der Welt nicht verdient, dass man sie achte.

Diese Annahme verbreitete sich rasch in allen Himmelsrichtungen, sie wurde zur Mode.

Die Götter indes lachten amüsiert über diese Sichtweise. Sie sollten nicht existieren? Welch‘ beinahe göttliche Anmaßung! Als sie den Midgardern daher ein Zeichen ihrer Herrlichkeit beweisen- und ihnen eines auswischen wollten, fühlten sie sich jedoch plötzlich merkwürdig schwach: mit dem Erstarken menschlicher Vernunft verringerte sich die Kraft der Transzendenz.

Nach wie vor hielten Laërtes und andere Heroen die Ordnung aufrecht und mussten manche Zeloten bekämpfen, welche im Wahn ihrer vermeintlichen Erkenntnis Bifröst zerstören wollten.

Gegen die öffentliche Meinung kamen sie gleichwohl nicht an, egal wie heldenhaft ihre Taten wurden; viele Midgarder wollten *eine große Entscheidung*.
Und so erhoben manche Philosophen, Fürsten und sogar manche Priester die Forderung nach einer gerichtlichen Untersuchung: diese sollte beweisen, dass es die Götter *nicht* gab. Dem Urteilsspruch, das schworen sie, würden sie aber auch folgen, wenn er nicht in ihrem Sinne wäre.

Laërtes und die Schüler Prothos‘ sahen dem gelassen entgegen: wollten die Ankläger beweisen, dass es die Götter nicht gab, so trugen sie schließlich die Beweislast für eben dieses gewollte Ergebnis.

Wie sollte aber der Beweis für eine negative Tatsache geführt werden?

Der Prozess

ZAHLREICHES Volk versammelte sich auf der Agora in Nehta, der Hauptstadt des Westreiches, das nach wie vor auf den Gott Nollopa hörte.

Das Gericht bestand aus dem Ältesten- und Weisenrat Nehtas, dem auch Abordnungen aus den südlichen und nördlichen Ländern angehörten, welche der Tradition gemäß als die Reiche von Nido und Suez bezeichnet wurden. Aus dem Osten, jenem Gebiet, das einst Roht gegeben wurde, war niemand vertreten. Das so zusammengesetzte Gericht bestand aus 13 Richtern.

Suez, der Größte von Asgard, der seinen Augen kaum traute, dass die Menschen diesen Frevel begehen wollten, schickte seinen göttlichen Zorn gen Midgard, er schäumte vor Wut. Eine Sintflut wollte er schicken, einen endlosen Krieg entfachen, Hunger und Durst verbreiten. Doch das einzige, das Nehta traf, war ein mittelprächtiges Gewitter am Vormittag. Nachdem dieses nach wenigen Stunden abgeklungen war, wurde die Verhandlung offiziell eröffnet.

Als Ankläger, der zur Rechten des Gerichts saß, wurde Zarathustra, ein Einsiedler, der bekannte, „die Götter überwunden“ zu haben, auserwählt. Die Menschenferne und das Leben in der Höhle verliehen ihm einen scharfen Sinn, an den keiner der urbanen Intellektuellen annähernd herankam.

Die Bürde, die Götter zu verteidigen, wurde Eckhart zuteil. Er war kein Priester und kein Philosoph, er war ein Mensch der Stille, der einstmals gesagt hatte „Ich bin Gott“, was ihm einige Schwierigkeiten einbrachte. Doch warum wurde er auserwählt und keiner der Schüler Prothos‘? Weil kein anderer der Midgarder sich mit seiner Standhaftigkeit messen konnte.

Der vorsitzende Richter stellte die Anwesenheit der Beteiligten fest, zunächst jene Zarathustras, dann die von Eckhart. Als er die Götter Suez, Nollopa und Nido aufrief, ertönte schallendes Gelächter – es war klar, auf wessen Seite die Mehrheit der Zuschauer standen.

Zarathustra, der Menschenlärm hasste, sprang hierauf an: „Wenn sie nicht erschienen sind – und gerade wegen ihrer angeblichen Allmacht und Allwissenheit mussten sie von der Verhandlung wissen –, ist das bereits ein klares Indiz für ihre Nichtexistenz. Ich beantrage, sie sofort entsprechend zu verurteilen."

Und erneut grölte die Menge.

„Wenn es so einfach wäre", entgegnete Eckhart, „hätten wir uns das alles sparen können. Sie", und dabei wandte er sich an Zarathustra, „halten Ihren Blick nur auf das sinnlich-Wahrnehmbare gerichtet. Die Frage nach dem Wesen der Götter stellen Sie nicht. Die Anklage weiß im Grunde nicht, von was sie redet – "

Buhrufe und Pfiffe unterbrachen Eckhart, und der Vorsitzende musste intervenieren und drohte an, die Störenfriede einsperren zu lassen. „Wir fahren mit der

Verhandlung einstweilen fort“, sprach er, „die Anklage möge ihren Vorwurf erheben“.

„Danke“, Zarathustra holte tief Luft, „den Angeklagten“, und dabei zeigt er auf die leeren Plätze, so, als ob *dies* das *eigentliche* Verbrechen sei, „werden unzählige Fälle des Betrugs vorgeworfen. Durch Vorspiegelung falscher Tatsachen haben sie in den vergangenen Zeitaltern – und tun dies gelegentlich bis dato – Millionen von Menschen in die Irre geführt. Infolge dieses einmaligen Betruges kam es zu Irrungen und Wirrungen, zu Totschlag und Krieg, zu Hexenverbrennungen und der Verfolgung Andersdenkender. Vor allem hat dieser Betrug Midgard in Stumpfsinn gefangen gehalten und um den Lohn seiner Mündigkeit gebracht. Jeder Verbrecher konnte seine Verantwortung abschieben und auf die Götter zeigen – jede Schandtat war mit dem Hinweis auf ‚eine göttliche Laune‘ zu rechtfertigen. Wir alle“, und hierbei senkte sich Zarathustras verächtlicher Blick auf Eckhart, „könnten längst *Übermenschen* sein, hätten wir uns früher befreit. So aber sind wir nach wie vor nicht viel mehr als Würmer".

Das Wort erhielt sodann der stille Eckhart. Als einer der wenigen Midgarder wusste er um das Ende des Wissbaren. Er kannte die Grenzlinie, wo die ersten und die letzten Dinge verliefen – und genauso wusste er, dass diese nicht zu überschreiten war. Drum wusste er auch um das Wesen der Götter und um alle anderen Erscheinungen, die – gleich ob sinnlich wahrnehmbar oder undefinierbar – dem Einen entsprangen, das beides, sowohl das Nichts als auch das Ganze, umfasste. Sollte er diesen Gedanken offenbaren? Würde er überhaupt verstanden werden?
Es war keine gute Idee. Und von einem sich dem Absoluten annähernden Standpunkt gedacht, war es im Grunde lächerlich: es ging hier nur um Götter. Eckhart, der aber sah, dass Midgard noch nicht bereit war, entgöttert zu werden, begann seine Rede:

„Was haben uns die Götter gebracht? Was ist unsere Stellung, was ist unser Platz?“

Er zitierte Laërtes‘ zweiten Gesang.

„Die Götter“, fuhr er nach kurzer Pause fort, „sind eine real existierende Metapher, lebendig und erlebbar. Und zugleich unsere letzte Grenze. Sie offenbaren sich in der Wirklichkeit. Sie sind der Fluss der Dinge, der Atem der Welt, unbegreiflich und formlos; das Leben in uns. Wir können sie umkreisen, doch nie bestimmen.“

Suez, Nido und Nollopa vergossen bei diesen Worten Tränen.
Viele der Anwesenden aber buhten, nur eine Handvoll applaudierte, was mit kräftigen Faustschlägen der Umstehenden quittiert wurde. Laërtes, der in erster Reihe saß, nickte Eckhart zu. „Die Götter in uns“, dachte er, „genau das trifft es“. Doch anstatt diese Adelung anzunehmen, forderte der Mob lautstark: „nieder mit den Göttern!“. Der Vorsitzende musste brüllen und ließ einen maßlosen Störenfried abführen, der zur

Abschreckung ausgepeitscht wurde. Das brachte ein wenig Ruhe in die Agora.

Zarathustra beobachtete die Szenerie angeekelt. Er schaute in hässliche, hasserfüllte Fratzen und ängstliche Visagen. Das also waren die Menschen: gemein oder abergläubig. In beiden Fällen aber Abhängige, Sklaven, Unfreie. Die einen überwanden das tote Gesetz nicht, sondern folgten diesem noch; die anderen waren ihren niederen Trieben ausgeliefert. „Die Götterdämmerung“, dachte er, „kommt vielleicht ein Zeitalter zu früh“.

Das Gericht eröffnete die Beweisaufnahme.

Philosophische Essays wurden verlesen; Könige, Priester, Krieger, Alchemisten, Einsiedler und Sternengucker vernommen; die Opferbilanzen der vergangenen Kriege betrachtet.

Und dann standen die Plädoyers an.

Ehe Zarathustra ansetzten konnte, keifte die Menge: „Tod den Göttern!“

„Der Mensch ist ein Seil“, sprach Zarathustra, „gespannt zwischen Tier und Übermensch. Haben die Götter verdient, zu sterben? –“

„Ja! Ja! Ja!“, entgegnete das Publikum.

„*Sie haben es*“, sprach er unter donnerndem Beifall, „denn sie haben euch in Ketten gelegt und den euch bestimmten Platz besetzt. Sie sorgen dafür, dass ihr eher Tieren gleicht als Übermenschen.“

Er hielt inne, die Menge grölte. Er schüttelte den Kopf.

„Doch sie haben es *noch* nicht verdient.“

Stille.

„Schaut euch an! Ihr seid niederträchtig, ängstlich und Herdenmenschen, voller Ressentiments!“

Vertiefende Stille.

„Und doch: was im Fallen ist, soll man nicht aufhalten. Nein, *man soll es noch stoßen*. Nach dem heutigen Tag steht fest: die Götter sind tot – *und ihr habt sie getötet*!“

Also sprach Zarathustra.

Verhaltener Jubel brandete auf; viele wussten nicht, wie sie diese Worte einzuordnen hatten.

Eckhart, der ein wenig verwundert war, dass einige seiner Standpunkte jenen Zarathustras glichen, kam an die Reihe; die Pfiffe aus dem Publikum machten es ihm schwer, sein Plädoyer zu halten.

„Tötet ihr die Götter, tötet ihr euch selbst“, sprach er im Wissen, dass kaum jemand den Sinn dieser Worte verstehen würde, „tut es nicht!“

Die Richter zogen sich zur Urteilsverkündung zurück.

Währenddessen erkannten immer mehr der Besucher, dass auch Laërtes, der große Heros, der sein Leben dem Transzendenten gewidmet hatte, unter ihnen war. Sie zeigten heimlich auf ihn; manche umringten ihn; doch wagte es noch keiner, ihm zu nahe zu kommen.

Dann kehrte das Gericht zurück.

Der Vorsitzende verkündete das Urteil: „Die Götter Suez, Nido und Nollopa werden von sämtlichen Vorwürfen freigesprochen. Dies geschieht nicht aus erwiesener Unschuld, sondern aus Mangel an Beweisen. Denn insoweit –“

Ein Stein traf den Vorsitzenden. Dann folgte ein Steinhagel. Wütende Midgarder schlugen die Wachen nieder und stürmten die Richterbank; alle 13 wurden zerrissen. Und der Mob begann endlich, Laërtes, den größten der Heroen, anzugreifen. Dieser nahm ein Dutzend der Angreifer mit, ehe ein Steinbrocken, der auf seinen Hinterkopf sauste, ihm das Licht ausknipste. Bewusstlos sackte er zusammen.

Das Recht ist eine Sache. Der Wille eine andere

UND der Mob zog umher, durchsuchte Stadtviertel nach Götteranhängern, schlug sie tot, zerstörte Tempel, verbrannte heilige Schriften. Es gab keine Gnade, weder für Frauen, noch für Kinder und Alte: kein Opfer durfte überleben und jemals Zeugnis ablegen über diese barbarische und hemmungslose Schandtat – und dass es eine solche war, war selbst dem blutrünstigen Pöbel klar. Am Ende der Nacht atmeten nur noch wenige Midgarder, die dem alten Kult anhingen.

Vor Bifröst aber, diesem Faden, der das Sichtbare mit dem Unsichtbaren verband, sammelten sich die letzten Heroen. Es waren jene, die es mit den Göttern von Asgard aufgenommen hatten, und doch immer demütig wurden, wenn sie ihre Grenzen erreichten; jene, die von Prothos‘ und ihres Meisters, Laërtes‘, Vorbild inspiriert waren.

Das Gemetzel war fürchterlich. Auf einen toten Heroen kamen fünfzig Angreifer. Und doch wurden sie überrannt; es war die schiere Masse des fanatischen Mobs, welche ihm den Sieg bescherte.

Und dann legte er Hand an Bifröst.

Die Götter, sie weinten hemmungslos.

Und nachdem die Brücke zerstört war, setzte ein ungewöhnlich langer und starker Regenfall ein.

Wie sich die Dinge so entwickeln…

WIE jedes freigesetzte Aroma Zeit benötigt, um sich vollständig zu entfalten, mit der Zeit aber auch schwächer wird und irgendwann verwelkt und nichts zurückbleibt als eine Erinnerung an die sinnliche Erfahrung, so verhielt es sich auch mit den von Laërtes freigesetzten Gaben, welche die Götter den Midgardern schenkten, sorgsam verschlossen in einer Büchse im Niemandsland. Als Midgard von einem merkwürdigen und dunklen Trieb erfasst wurde, in dessen Folge Bifröst abbrannte, war es, dass in diesen Stunden Selbsterkenntnis, Intellekt, Mut und Bewusstheit ihren Gipfel erreicht hatten; die Menschheit ermächtigte sich selbst und ließ sich nieder auf einem Thron. *Dieser* war nicht ihrer: er stand ihr nicht zu. Die fünfte Eigenschaft, welche die Götter den Midgardern nicht nur uneigennützig sandten – die Demut, welche für Laërtes‘ zweiten Gesang Modell stand –, war an diesem denkwürdigen Tag längst verdunstet und nur noch in wenigen Köpfen und Herzen zurückgeblieben. Sie entfaltete ihre Schwingen im Goldenen Zeitalter, in jener Epoche, in der die Midgarder sich dem Größeren unterordneten, nicht ohne mit ihm zu ringen. In diesem stetigen Ringkampf, der nie auf Sieg oder Niederlage abzielte, behauptete der Mensch seine Selbstbestimmung, Freiheit und Würde und behielt dennoch seinen kosmischen Platz, eingebettet zwischen Unten und Oben.

Indes war die Zerstörung Bifrösts, diese tollkühne Tat nicht jene von Suez befürchtete Götterdämmerung, die Ragnarök. Aber sie saugte den Göttern viel Kraft aus, und eine merkwürdige Müdigkeit legte sich über Asgard.

Wie entwickelten sich derweil die Dinge in Midgard?

Da es nun keine Entschuldigungen mehr gab, keine Platzhalter für blinde Flecken, entwickelten sich rationale und empirische Wissenschaften. Allerorts wurde geforscht und wurden überkommene Gesetze hinterfragt. Die alten Reiche, wie sie die Götter geordnet hatten, zerfielen, nachdem die Königshäuser sich nicht mehr auf ihre göttliche Legitimierung stützen konnten. An die Stelle der Krone traten verwaltete Staaten. Die oberste Autorität Midgards wurde der *Wahrheitsrat*. Dieses ausschließlich von Technokraten besetzte Gremium konnte in einer Zeit, in der ausschließlich messbare Wahrheiten Geltung beanspruchen *durften*, sämtliche Winkel der Welt reagieren. Seine Macht erstreckte sich auf beinahe jeden Lebensbereich der Menschen.

In sozialer und rechtlicher Hinsicht wurde dem Einzelnen die volle Verantwortung für sein Tun und Unterlassen übertragen. Auf der anderen Seite erhielt er

weitestgehende Freiheiten; jeder durfte tun und lassen, was er wollte, soweit er dabei die Freiheiten anderer nicht einschränkte und nicht gegen die Weisungen des Wahrheitsrates handelte.
Diese Ordnung, die keine Leidenschaften und Irrationalismus kannte, schaffte Frieden und ermöglichte es den Midgardern, Wohlstand zu erwerben, dick zu werden, lange zu leben. Nachdem der letzte Wolf, der letzte Bär, die letzte Schlange und der letzte Drache auf ausdrückliche Anordnung des Wahrheitsrates getötet wurden – denn sie waren animalische Träger des Irrationalen –, hatten die Midgarder keine nichtmenschlichen Feinde mehr zu fürchten.

„Altgläubige" – so bezeichnete man jene, in deren Herzen Bifröst noch stand – wurden gelegentlich verfolgt und getötet, so, wenn sich eine wissenschaftliche Annahme als fehlerhaft erwies: es musste ja schließlich einen Sündenbock geben (der Wahrheitsrat war unfehlbar). Dieser Eigenschaft als

Schuldige hatten die Altgläubigen zu verdanken, dass der Wahrheitsrat in Bezug auf sie vor *gewissen Maßnahmen* zurückschreckte: denn auch sie verkörperten das Irrationale, das Gefährliche und Irre. Überwiegend ließ man sie daher in Ruhe.

Laërtes wurde nach den Tumulten während der Urteilsverkündung eingesperrt. In einem Turm fristete er nun seine Tage; man versorgte ihn fürstlich, ihm fehlte es, mit Ausnahme seiner äußeren Freiheit, an nichts.

Er war der letzte Heros. Auf ihn folgten nur noch Helden.

Das System, das sich so entwickelte, schien stabil zu sein.

In den Seelen der Menschen zeigte sich jedoch eine zarte Regung. Diese stieg ihnen bald zu Kopf.

So lonely

SIE erkannten selbstverständlich, dass sie sterblich waren. Doch was bedeutete das? Was geschah, *nachdem* sie gestorben waren?

Während Bifröst beide Reiche, Himmel und Erde, miteinander verband, gab es keinen Anlass, diese Frage zu stellen. Und die Midgarder empfanden auch keinerlei Furcht, wenn sie der Tatsache ihrer Sterblichkeit entgegensahen. Sie vertrauten *grundlos*, denn nur diese Art des Vertrauens war echtes Vertrauen.

Diese Haltung tauschten sie gegen Wissen ein.

Die sich nun aufdrängende Frage konnten sie jedoch nicht beantworten.
Sie forschten fleißig; unter anderem tötete der Wahrheitsrat zahlreiche menschliche Probanden, überwiegend Altgläubige, in der Hoffnung, diese wieder zurückzuholen, sodass diese mitteilen konnten, was sich eben „auf der anderen Seite" befand.

Doch keiner kam zurück.

In einem Bulletin teilte der Wahrheitsrat den Bürgern Midgards daher folgendes mit:
„Nach dem aktuellen Stand der Wissenschaft, der nicht zu hinterfragen ist, kann nur davon ausgegangen werden, dass auf das Ableben nichts folgt. Denn es konnte trotz umfangreichster Anstrengungen insoweit nichts erforscht werden."

Aus naheliegenden Gründen befriedigte diese Auskunft kaum jemanden. Einigen verkrampfte es die Herzen. Viele erinnerten sich der Götter und machten sich auf den Weg zu Bifröst – sie hinterfragten also genau die Auskunft des Wahrheitsrates –, als sie vor den kümmerlichen Resten der Regenbogenbrücke standen, erkannten sie jedoch, dass ihnen dieser Weg für immer verschlossen war.

Sie waren alleine in diesem Universum. Das fühlten sie. Und sie waren nicht allmächtig: sie waren sterblich und würden im götterlosen Nichts verschwinden.

Und dann legte sich über Midgard ein blankes Grauen, wie es das noch nie erlebt hatte.

Laërtes' dritter Gesang

MODERNE Menschen, Göttern gleich
Herren ihres eig'nen Reich'
Haben kein' Platz für Dich, die Tore längst verriegelt
Das Buch des Lebens streng versiegelt
Wir haben uns von Dir abgewandt
Fühlen sie nicht mehr, Deine allumfassende Hand
Wie Zarathustra sprach, es ist so wahr
Wir gehen ohne Dich, unzählig Jahr für Jahr –
Die größte Schuld, unfassbar der Verlust
Wir töteten Dich, unbewusst
Sinn des Lebens.

Die Propheten der Angst I

KASSANDRA erwachte aus einem bösen Traum. Sie behielt ihn für sich, zog ihr schönstes Kleid an und durchtrennte ihre Pulsader, wissend, irgendwann und irgendwo wieder aufzutauchen, beladen mit dem ewiggleichen Fluch. Das letzte Bild, das in ihrem Geist auftauchte, war jenes von Ouroboros, der Schlange, die sich in den eigenen Schwanz beißt: das Symbol der ewigen Wiederkehr.

Der Wahrheitsrat, dessen Mitglieder selbst von Panik befallen waren, beschloss indes, das Naheliegende zu tun: *den Tod zu verbannen*.

Dies geschah durch eine Doppelstrategie: zum einen wurde es den Midgardern untersagt, über das Sterben zu reden. Ebenso durfte über das vom Wahrheitsrat hierzu herausgegebene Bulletin, das den aktuellen Stand der Wissenschaft darstellte, nicht gesprochen werden; es wurde vielmehr eingezogen, was zu manch grotesker Situation führte, da ja hiermit etwas zurückgefordert wurde, über das zu reden verboten war („geben Sie uns bitte… Sie wissen schon“). Das große Schweigen setzte ein: der Elefant im Raum war riesig.

Auf der anderen Seite musste das Leben endlos verlängert werden, *schnell und um jeden Preis*. Was aber führte zum Tod? Krankheiten, Unfälle, Kriege, Alter, Gewalttaten.

Also wurde zunächst alles dafür getan, sämtliche politische Krisen zu entschärfen, nicht aber zu lösen. Himmelschreiende Ungerechtigkeiten wurden in Kauf genommen, schlugen diese dafür ja nicht in letale Gewalt um.
Da auch kriminelle Handlungen zum Tod führen konnten, was überwiegend in den Nachtstunden geschah, wurde den Midgardern untersagt, ihre Wohnungen zu verlassen, wenn die Sonne untergegangen war.

Freizeittätigkeiten, von denen eine Gefahr ausging, wie das Reiten, Drachenfliegen oder Fechten, wurden verboten, ebenso sämtliche Formen des Kartenspiels, denn nicht selten kam es dabei zu impulsiven Gewaltausbrüchen. Es war auch nicht mehr erlaubt, Met und Bier zu frönen. Menschen, die dagegen aufstanden und ihre Freiheiten einforderten – und die häretische Frage stellten, was denn ein endloses Leben wert war ohne Genuss –, wurden seitens des Wahrheitsrates als „nichtängstliche Egoisten“ öffentlich gebrandmarkt.

Ein Tagebucheintrag eines Unbekannten

WIR müssen uns nun für ein paar Tage zusammenreißen – länger benötigt der Wahrheitsrat ja nie, um eine Lösung zu finden. Er hat wohl eine fürchterliche Entdeckung gemacht. Es ist möglich, dass wir nach unserem letzten Atemzug *verschwinden*. Ich kann mir darunter nichts vorstellen, schließlich kann ich mich selbst nicht weg-denken. Wie soll das auch gehen: das Ich, das sich verneint, ist nicht das Ich; genauso wenig kann die Nase sich selbst riechen oder die Ohren sich

selbst hören.
Wie auch immer – im präzisen und tiefen Denken war ich noch nie gut. Darum gibt es ja aber auch die Experten, die uns die Welt erklären.

Es muss jedenfalls ziemlich ernst sein. Ich will niemals verschwinden; und der Gedanke, dass auch andere verschwinden, ist unerträglich.

Wir müssen nun also zunächst sämtliche Risiken minimieren und Gefahren, sind sie noch so klein, aus dem Weg gehen. – Es ist einleuchtend, denn gerade jene vernichten uns letzten Endes. Was mir dahingegen gar nicht einleuchten will, ist das beschämende und höchst umstrittene Verhalten jener Midgarder, die den Anordnungen des Rates nicht folgen. Sie trinken Met und tanzen und grölen dumpfe Parolen á la: „wir lassen uns unsere Freiheit nicht nehmen“ – gerade so, als ob sie einen Anspruch auf Freiheit hätten (den es aber noch *nie* gab!). Die Grenzen von allem bestimmt aber der

Wahrheitsrat: dass diese Verwirrten das nicht erkennen, spricht Bände…

Die Propheten der Angst II

JA, es wurde en Vogue, Angst zu haben; Angst war erste Bürgerpflicht, schärfte sie doch die Sinne vor allen Gefahren (mit Ausnahme der größten Gefahr).

Der Wahrheitsrat teilte in einem Rundschreiben folgendes mit:
„Wir wissen, dass die Zeiten schwer sind. Doch müsst Ihr unter allen Umständen unseren Anweisungen gehorchen. Die von uns verkündeten Wahrheiten sind nicht zu hinterfragen. Sie werden Euch vielmehr vor dem Nichts bewahren.
Man hat Euch in früheren Zeiten eingebläut, mutig und mündig zu sein. Diese Tugenden jedoch schädigen Euch, sie widersprechen eurem ureigensten Interesse! Unsere besten Philosophen haben eindeutig erkannt, dass Ihr

Verbote liebt und Freiheit dem menschlichen Wesen widerstrebt. Mit Eurer Verbotsliebe einher geht die Liebe zu ihrer großen Schwester, der Angst. Diesen beiden dürft und sollt Ihr ungeniert frönen.
Dies ist unser Appell an Eure Vernunft!“

Weiterhin wurden die Bürger aufgefordert, Fremde und Nachbarn, Freunde, ja, selbst Verwandte bei den offiziellen Stellen zu melden, sollten diese – *zweifeln*.

Und in manchen Gebieten Midgards wurde davon rege Gebrauch gemacht.

Der Wahrheitsrat musste bald erkennen, dass viele Menschen *trotz allem* unruhig wurden. So ließ er massenhaft Soma unters Volk bringen, ein sedierendes Bonbon, das die Konsumenten träge, benebelt und glücklich machte und ihnen daher gut schmeckte.

Ein weiterer Tagebucheintrag eines Unbekannten

SEIT meinem letzten Erguss hier sind so viele Tage vergangen.

Wir vermeiden alles, was auch nur ein klein wenig gefährlich werden kann. Dennoch sterben Menschen… ach, so sollte ich nicht denken! – Nein, ich zweifle nicht! *Ich darf nicht zweifeln*! Der Wahrheitsrat wird uns aus dieser Dunkelheit führen. Dann dauert es halt ein paar Tage mehr als ursprünglich angekündigt! Es gibt keinen Anspruch auf Freiheit, wie ich schon letztes Mal schrieb, aber eine Pflicht zum Gehorsam. Und nach allen Verlautbarungen des Rates werden wir nur durch striktes Befolgen der Regeln eine *todesabwesende neue Welt* erschaffen.

Es muss sich daher genau so verhalten, wie der Rat es proklamierte: es sind die Egoisten, die elenden Freiheitsfanatiker, deretwegen nach wie vor… (ich darf es nicht mehr aussprechen).

Gestern beobachtete ich meine Nachbarin. *Sie tanzte*! Engumschlungen mit einem fremden Mann! Und ich sah wohl, dass beide einen Becher Met in der Hand hielten und abwechselnd daraus tranken. – Dieses ungehorsame Pack, es ist noch ein weitaus größerer Menschenfeind als der gemeine Altgläubige es jemals war: dieser hielt uns hinterm Licht; jene aber führen uns ins Nichts.

Einsam leben wir für immer

MIT dem Inverkehrbringen des Somas konnten weitere Verbote durchgedrückt werden. Diese betrafen die „allgemeine Lebensfreude" der Menschen. Denn gerade diese zweifelhafte Angelegenheit verursachte Geselligkeit, Vitalität, Tatkraft, Reflexionsvermögen: Tugenden, die mittelbar ins Grab – ins Nichts – führten. Zusammenkünfte sollten vermieden werden, die Menschen mussten, soweit es ging, vereinzeln. Damit wurde außerdem sichergestellt, dass die Menschen sich nicht, auf welchem Wege auch immer, gegenseitig (tödlich) verletzten: der Mensch war dem Menschen ein ewiger Wolf. Der Wahrheitsrat befahl, um diesen Fluch zu brechen: „Bleibt zuhause! Oder wollt ihr – ihr wisst schon?“

Und noch ein Tagebucheintrag eines Unbekannten

JA, die Zeiten sind merkwürdig. Wir forschen nicht mehr, wir tauschen uns nicht mehr aus, wir freuen uns nicht mehr wirklich. – Aber das Wichtigste ist, dass wir nach wie vor atmen, das Blut zirkuliert und unser Herz schlägt. Nur darum geht es ja: für immer zu überleben. Es ist dies der Endkampf zwischen Leben und Vernichtung. Und am Ende, das versichert uns der Rat jeden Morgen, wird die *todesabwesende neue Welt* stehen.

Diese irre Vorstellung, dass das Leben *mehr* ist, als unsere körperlichen Funktionen! Als ob wir durch die Interaktion mit anderen gesünder wären!

Ja, ich vermisse die früheren Zeiten schon irgendwie. – Doch genauso sagt der Rat und sage auch ich: *sie waren falsch*!

Alles war falsch und riskant…

Und frei… und toll… verrückt… unberechenbar…
hell… gesellig… freundlich…
ach, wie ihr mir fehlt! (hoffentlich liest dies niemals jemand)

Soma statt Met. Einsamkeit statt Wärme. Verrat statt Vertrauen. Für immer leben statt Ewigkeit.

Alles Schlechte ist gut; und alles Gute schlecht.

(Hoffentlich liest das wirklich niemals irgendjemand!)

Gesang eines unbekannten Verzweifelten

SIE schreiten mächtig durchs Land

Die Fackeln der Finsternis fest in der Hand

Vernebeln sie der Menschen Köpfe und Herzen

Entzweien Freunde und Familien, verbreiten Schmerzen –

Sie verkünden keine frohe Botschaft
Aus der Sterbensangst schöpfen sie ihre Tatkraft
Sie haben Erfolg: Vielen schnürt es zu die Kehle
Wen wundert's: „Angst essen Seele“ –
Doch die so Eingeschüchterten lieben die Pein
Es verkrüppelt alles, Freiheit, Würde, Sein

Der letzte Heros geht von Bord

LAËRTES wusste, dass seine Zeit gekommen war. Ach, sie war eigentlich schon längst gekommen. Er hatte zu lange gelebt, zu vieles gesehen. Er verdammte sich, verdammte, durch all‘ diese Zeitalter gegangen zu sein. Er war aus der Zeit gefallen. Er schwieg schon jahrelang in seinem einsamen Turm. Er konnte und er durfte seine Stimme nicht mehr erheben. Bevor er zum Schierlingsbecher griff, verfasste er seinen letzten Gesang.

Laërtes‘ vierter Gesang

GEBOREN, um das Größte auszudrücken
In Erscheinung getreten, die Welt auszuschmücken –
Eine Andeutung gen Himmel. Ein Versprechen:
Zu herrlich… die Flügel müssen brechen
Die Moderne erträgt den Heros nicht
Kennt kaum Tiefe. Wohl strahlendes Licht
Der Funke, in dem a l l e s enthalten
Muss zugunsten des Gehorsams erkalten
Der Zeitgeist ist des Ewigen größter Spötter
Fühlt nicht mit den Tränen der Götter

Eine Erzählung über den letzten gesunden Menschen

SIE kamen im Nebel eines Novembermorgens. – Es war einer jener Herbsttag, an dem die Melancholie ihre Wunder offenbar werden lässt.

Gunnar war darauf vorbereitet; seine Seele sträubte sich gegen das Kommende, gegen das er sich nicht wehren konnte. Doch war ihm klar, dass *dies* noch nicht der finale Akt sein würde. Jener würde ausschließlich und alleine in seiner Hand liegen; und auf diesen Auftritt, auf diese peinvolle Angelegenheit bereitete er sich lange vor – namentlich seit er den aufkommenden Wahnsinn, die ordinäre Gemeinheit, die erbarmungslos wütende Hartherzigkeit seiner Mitmenschen verspürte.

Er liebte die Freiheit und er glaubte an den Wert und an das Selbstbestimmungsrecht des Individuums. Er hielt nichts von Tyrannen, die vorgaben, Menschen vor sämtlichen Risiken schützen zu wollen und dafür als Dank völligen Gehorsam forderten. Und er verachtete doch auch jene Menschen, die darauf ansprangen – die vielen Gemeinen, die völlig selbstgerecht und skrupellos Einzelne diffamierten und angriffen, welche an dieser Prozession der Leichtgläubigkeit nicht teilnehmen wollten. – Die Herde, sie machte sich die Sache ihrer Hirten zu eigen: die Herde, wie sie leibt und lebt…

Gunnar wohnte in einer provisorisch errichteten Hütte im Wald. Als die „großen Maßnahmen“ begannen, mit denen die Regierung das Volk zu „lebenslangem Überleben“ erziehen wollte, ließ er seine bürgerliche Existenz hinter sich. Er hatte keine Frau, keine Kinder (zumindest hatte er davon keine Kenntnis), keine Verpflichtungen.

Er lebte monatelang unbescholten und unentdeckt in seiner Hütte. Er wohnte einfach, bar jedes Luxus‘, sogar ohne Elektrizität; er wusch sich abwechselnd in einem neben seiner Bude fließenden Bach und in einem kleinen See; die Kälte des Wassers vitalisierte ihn. Er ernährte sich von Äpfeln, Kirschen, Birnen, Beeren, Wurzeln; regelmäßig erlegte er mit seinem Bogen ein Reh oder einen Hasen, manchmal ein Wildschwein, somit wurde er mit wertvollen Proteinen versorgt. Manchmal schlich er sich in einen Stall des nächsten Bauernhofs und molk eine Kuh. Er war jedoch kein geschickter Einsiedler, er lebte mehr im Geist denn in den Formen der Welt. Nicht selten traten die Kühe nach ihm.

Er war jedoch immer noch frei, das war sein Verbrechen und dies reichte aus, um vom Wahrheitsrat verfolgt zu werden. Als Gunnar letzte Woche gedankenversunken auf dem Klappstuhl vor seiner Hütte saß und ein mit einem Ganzkörperschutzanzug ausgestatteter Wanderer zufällig jenen an der Hütte vorbeifließenden Bach abschritt und ihn mit Entsetzen bemerkte und Gunnar einen Schrei blanker Todesangst hörte – nun, da wusste er, dass sich die Dinge für ihn ändern würden. Kurz erwog er, den Wanderer zu umarmen (bevor er in sein Exil ging, hörte er häufig davon, dass kerngesunde und vereinsamte Menschen, und das waren ja nun fast alle, am reinen Schrecken verstarben, wenn ihnen andere zu nahekamen; manche erlitten sogar einen Herzinfarkt aufgrund rein visueller Wahrnehmung, so wenn sie nach Jahren der Isolation unvorbereitet einen Menschen sahen). Doch das schien ihm zu würdelos. Ebenso mochte er sich nicht mit dem Impuls anzufreunden, seinen Bogen oder ein Messer zu holen; aufgrund seiner Ungeschicklichkeit würde es ja eine Schweinerei geben; außerdem maß er sich nicht an, diesen unglücklichen Wanderer zu töten, nur weil dieser ihn entdeckt hatte. – Die Konsequenz war ihm jedoch bewusst: ein noch freier Mensch wie Gunnar, das konnte kein guter Bürger und erst recht nicht die Staatsgewalt tolerieren.

Im Morgengrauen ergriff ihn eine Spezialeinheit des Wahrheitsrates. Nie zuvor hatte er in den vergangenen Jahrzehnten so viele Menschen auf einmal gesehen. Die folgenden Monate verbrachte Gunnar in einer ehemaligen Irrenanstalt, wo er selbstredend in Isolationshaft saß.

Das Verhör fand endlich im Sommer statt. Dies also war der letzte Akt, Gunnars einzige und letzte Chance und gleichzeitig seine letzte Versuchung – nicht den kümmerlichen Rest von äußerlicher Freiheit zu erlangen, die von Verboten und Einsamkeit durchtränkt war, doch, so viel wertvoller, zu *siegen*.

Wie selbstverständlich bot der Vernehmungsexperte dem Inhaftierten seine Hand nicht an, denn der zivilisierte Mensch Midgards wusste, dass dies schlicht *falsch* war, konnte Körperkontakt doch unerwünschte Reaktionen verursachen. Überdies hatten Rebellen wie Gunnar höfliche Umgangsformen selbstredend verwirkt.

„Sie müssen das unterschreiben“, forderte der Experte und legte ein Formular auf den Tisch.

Gunnar überflog das Papier. „Vollumfänglicher Rückzug in die eigene Wohnung… Pflicht zum Tragen einer Ganzkörpermaske – zum Schutz vor Keimen und Lebensfreude – in den eigenen vier Wänden… auch während der Nachtzeit… auch während des Geschlechtsverkehrs, wobei sich die ethische Frage stellt, ob im Hinblick auf den *potentiellen* Tod eines jeden Individuums… Pflicht zur täglichen Desinfektion… Verbot, die eigenen vier Wände zu verlassen… untersagt, Bücher folgender Autoren zu lesen: Prothos, Laërtes… Verpflichtung, den Anweisungen des Wahrheitsrates unbedingt Folge zu leisten… Bei vorsätzlichem Verstoß gegen diese Vereinbarung oder endgültiger Nichtannahme: Tod durch Strang."

Er schnappte das selbstgefällige Grinsen seines Gegenübers auf; offenbar fand der Vernehmungsexperte Gefallen daran, dass Gunnar zusammenzuckte, als er der vorgesehenen Sanktion gewahr wurde.

Er musste hart bleiben, trotz allem und gerade deswegen.

„Ich! Unterschreibe! Nicht!"

Nun war es sein Gegenüber, das ob dieser entschlossen ausgesprochenen Worte zusammenzuckte.

„Sie haben das Formular vollständig durchgelesen?"

Gunnar blickte ihm in die von einer Schutzbrille umschlossenen Augen; der Blick ließ keinen Zweifel daran, dass dieser Mann nichtverhandelbare Prinzipien hatte.

Der Experte kramte ein anderes Dokument aus seiner Tasche. Er lächelte.

„Lebenslange Vollversorgung… Tag für Tag ein ausgiebiger Rausch mit Soma…, wenn die *Lebenslage* dies zulässt: schnellstmögliche Integration in die *todesabwesende neue Welt…*"

Der Speichel von Gunnars Gegenüber tropfte diesem aus dem Mund; beinahe hündisch blickte er ihn an. Doch Gunnars Gesicht verzog sich angewidert –

„*Todesabwesende neue Welt*?! Das ist ja noch widerlicher als der Strang! Nehmen Sie Ihren Scheiß mit und stecken ihn sich oder dem Wahrheitsrat sonst wo rein. Nein", sprach Gunnar, der sein Blut wallen fühlte, denn das war jener Moment, auf den es jetzt ankam, „ich will bei euch nicht mitmachen. Ich will nicht alt werden, geschweige denn unsterblich sein, wenn mir

Lebensfreude und Freiheit genommen werden. Ich will kein unmündiger Lemming sein, der wie ein Kind behandelt wird“, ein höhnisches Lachen machte sich auf seinem Gesicht breit, „ihr versprecht mir quasi den infantilen Quatsch von Unsterblichkeit auf *dieser* Erde – aber euer endloses Leben ist ein Darben in Ketten und in Anbetracht des ewigen Flusses von Werden und Vergehen schlicht falsch. Unser Schicksal“, Gunnar fing nun wirklich Feuer, „steht von unserem ersten Tag an fest. Aber ihr, ihr habt keine Größe, ihr wollt kein Schicksal, kein Geist; ihr wollt kriechend leben wie die Würmer! *Zarathustra*“ – und als Gunnar diesen Namen wie eine Peitsche aussprach, entfuhr seinem Gegenüber ein hoher, ängstlicher Schrei, „sprach vom Tod Gottes – und wer hat ihn getötet? *Ihr wart es! Damals, wie heute*. Unsere Vorväter – uns gingen große und gewaltige, todesverachtende Menschen voran, egal ob unter Suez‘, Nidos, Rohts oder Nollopas Flagge…“, Gunnar hielt für einen Moment inne, er musste durchatmen, „ihr aber, die ihr unsere Werte, unsere Kultur, unsere Vitalität wegwerft wegen – nun ja, Sie wissen, wegen was –, ihr…“, Gunnar hielt inne, er fand keine Worte, es tat ihm weh, es tat ihm weh, so böse zu reden, denn trotz allem sympathisierte er mit menschlichen Fehlern; und das Bestreben, unsterblich zu werden, war ein Fehler und doch allzu menschlich.

„Ach“, sprach er resigniert, „hängen Sie mich oder geben Sie mir Soma.“

Und dann schaute er in die verblüffte und irritierte Visage seines Gegenübers und holte zum entscheidenden Schlag aus, er visierte an, was die Angstneurotiker aller Zeiten ausschließlich umtreibt: die totale Kontrolle über den Einzelnen.

„Sie werden meine Seele nie bekommen.“

So sprach Gunnar.

Der Wahrheitsrat erkennt den (Un-)Sinn des Lebens

SIE forschten und philosophierten, während die Midgarder ihre Wohnungen nicht mehr verließen und sich also nicht mehr trafen, nicht mehr tanzten, nicht mehr spielten, sich nicht mehr die Schädel einschlugen und dennoch starben.

Und die Stimmung im Wahrheitsrat wurde immer ernster, immer grimmiger und gehässiger, als seine Mitglieder spürten, dass sie vor der Entdeckung *der einen* Wahrheit standen. – Und diese Stimmung war nicht verwunderlich, denn die Wahrheit, die sie sich ihnen an einem grauen Montagmorgen offenbarte, war, dass sie in der Falle saßen (und dies *nicht nur*, weil es Montagmorgen war): sie kamen aus diesem Leben nicht lebend raus. Der Tod würde jeden Einzelnen früher oder später – aber niemals nie – treffen. Mehr noch: der Tod war offenbar ein notwendiger Bestandteil des Lebens. Ihn durch die Verneinung des Lebens aufzuhalten, das war pure Hybris.

Der ewige Ablauf war also: zu leben, um zu sterben und zu sterben, um zu leben. – Es war ganz und gar sinnlos. Es gab keine Hoffnung, dieses Drama zu durchbrechen. Sie waren zum Scheitern verurteilt und zum Weitermachen verdammt.

Sie teilten ihre Erkenntnisse mit den übrigen Midgardern:
„Die letzte Wahrheit ist: es wäre für jeden von Euch besser gewesen, niemals auch nur einen Atemzug gemacht zu haben. Am zweitbesten wäre es, wenn ihr so schnell wie möglich diesem Wahnsinn entkommt. Damit dient ihr der letzten Wahrheit, die seit dem Tod der Götter auch die einzige ist: dem vorzüglichen und wahrhaftigen Nihilismus. Im Übrigen werden sämtliche Verbote aufgehoben.“

ABER es bedurfte keiner Wiederherstellung der Freiheit mehr.

Zahlreiche Midgarder, die noch atmeten, hörten damit auf. Denn der Wahrheitsrat irrte nie. Die Menschen nahmen sich also das Leben aus Angst vor dem *Ganzen*.

Und Suez und Nido und Nollopa, die drei Götter Asgards, sie waren schwach und müde und fühlten das Ende kommen.
„Von wo kommen wir“, flüsterte Suez, als er den Tod heraufziehen sah, „und wohin gehen wir?“ Und nie sprach ein Gott bescheidenere Worte. Und als er einschlief, da verschwammen die Grenzen zwischen oben und unten. – War Suez nur ein Traum der Menschen gewesen, der nun zu Ende war?

Und das war sie, die sanfte Ragnarök.

Zarathustras Gesang

AUS dem unendlichen Ozean erwacht

Getrieben von einer namenlosen Macht

Ein Wesen, das zweifelt und fragt

Den Abgrund betrachtet, die Welt anklagt:

„Ich bin geworden. Mein Zweck ist zu vergehen –

So sinnlos. Könnte ich es doch nur anders drehen!“

Der Zweifelnde nimmt ein Bad im Reich der Sinnlichkeit

Es belebt, zerstreut und verstärkt sein Leid.

Vergessen will er sein verdammtes Wesen,

„*Ein unsterblicher Mensch werden*“: hieran genesen

Er verneint das Unbestechliche: den Lauf der Natur

Und diese Flucht meistert er mit Bravour –

Bis zum Ablauf seiner Lebensuhr - - -

Aus dem unendlichen Ozean erwacht

Getrieben von einer namenlosen Macht…

Also sprach Zarathustra.

Die beiden letzten Menschen

ER erwachte aus einem Fiebertraum. Sie saß bereits neben ihm.

„Lass uns gehen“, sprach sie, und ein gütiges Lächeln umspielte ihre ausgetrockneten und blutigen Lippen.

Er stand auf.

Die beiden Liebenden schleppten sich weiter, hungernd und durstend. Sie hatten die toten Länder Midgards durchschritten, auf der Suche nach dem letzten hoffnungsvollen Platz. Doch gab es diesen überhaupt?

Sie waren im öden Niemandsland, das die jenseits der Himmelsrichtungen gelegene Mitte der Welt darstellte.

Es war vorbei, dachte er.

In der Ferne erspähte sie einen kleinen Gegenstand.

„Dorthin“, flüsterte sie mit trockener Kehle, „dorthin gehen wir noch.“ –

Also plagten sie sich zu jener uralten Büchse, welche die ewige Hoffnung enthielt. Dieses *letzte Positive* hatte Laërtes nicht entkommen lassen.

Sie legten sich nieder und lächelten, eigentümlich frei.

Und Adam und Eva schliefen ein und träumten sich nach Eden: in den ewigen Einen.

ISBN 978-3-7541-6891-2
9 783754 168912 0000
www.epubli.de